KB262752

"바이스 군,
잘 부탁해……?"
오린
파스텔

신티아
비올레타

키쿠치 카이세이
일러스트 : 쿠와시마 레인

나태한 악역 귀족으로 전생한 나,

3

시나리오를 박살 냈더니

커버 그림, 본문 일러스트 | **쿠와시마 레인**

CONTENTS

다들 우승 가망이 없다던 검마배에서, 나는 보란 듯이 우승을 차지했다.

하지만 우승의 기쁨을 만끽하기도 전에 생각지도 못한 사태가 일어났다. 마족의 습격, 즉 '재앙'이 시작된 것이다.

'재앙'은 원작 기준으로 아무리 빨라도 여름이 지나서 일어나는 이벤트였다. 반대로 늦으면 중급생 진학 이후에 일어나기도 한다.

그러나 현실은 매정했다. 강제 이벤트가 보란 듯이 조기 시작되고 말았다.

하지만 나도 그동안 손 놓고 지내지는 않았다. 세실 앤트워프. 그녀를 포섭해 둔 덕분에 부상자는 있어도 사망자는 나오지 않았다.

최악의 사태였으나 최선의 대책으로 마무리지었다.

모두가 진심으로 안도했다.

단, 나를 제외하고.

『──타인의 몸속에 사니까 즐겁습니까?』

마족 하나가 내 귀에 대고 속삭였던 말이 머릿속에서 떠나지 않는다.

내가 바이스가 아닌 걸 놈들이 어떻게 아는 거지?

녀석은 게임에서도 본 적 없는 얼굴이었다.

대체 미래는 어디로 흘러가는가.

이후로도 원작의 지식을 믿을 수 있을까? 어쩌면 완전히 다른 이야기가 될지도 모른다.

"신티아 님, 이건 어떤가요? 저한테 잘 어울리나요?"

"근사하네! 나는 어때? 이거, 왕도에서 인기라던데."

사고의 틈으로 신티아와 릴리스의 화기애애한 대화 소리가 들렸다.

이곳은 노블레스 마법 학원, 바이스 판센트의 방. 즉 내 방이다.

재앙으로 정신 없었던 시간이 지나고, 겨우 일상이 돌아왔다.

나는 검마배 우승으로 포인트가 대폭 늘어나면서 방이 업그레이드되었다.

더블 사이즈 침대는 퀸 사이즈 침대로 바뀌었고, 관엽식물이 2개에서 4개로 늘었다. 매주 하나씩 웰컴 과일을 주고, 방 청소는 직원이 한다.

그야말로 더할 나위 없는 환경.

하지만 알렌은 이 좋은 환경을 놔두고 여전히 듀크와 2인실에서 지내고 있다. 이 멋진 개인실이 뭐가 불만이라서 둘이 지내기를 선택한단 말인가.

그렇게 사이가 좋으면 다른 의심이 피어나잖아.

"언제까지 수영복만 보고 있을 거야? 슬슬 나가야 해."

"마지막까지 신중하게 고르고 싶단 말이에요!"

"맞아요. 이건 여자로서, 숙녀로서 당연한 일이에요."

신티아와 릴리스는 한참 전부터 어떤 수영복을 가져갈지를 논의 중이다.

애초에 이것부터가 말이 안되는 상황이다.

여기는 현대 시대가 아니다. 그런데 아무리 귀족이라고 해도 해변에서, 그냥 수영복도 아니고 비키니 이벤트가 말이나 되는가?

하지만 이 '노블레스 오블리주'는 그런 고증을 따지지 않는다.

"……드디어 그 시즌이 온 건가."

이건 어떤 학원물이든 절대 빼놓을 수 없는 이벤트다.

하급생과 인솔 교사들이 함께하는 수학여행.

장소는 남쪽 지방의 바다로 유명한 추코라는 마을이다.

평소 같으면 그냥 즐기면 된다. 그러나 이 세계는 현실인 동시에 게임이다.

이번 수학여행이 끝나기 전에 반드시 퇴학당하는 사람이 나올 것이다.

그래도 지금은 마족 문제는 잊고 학원 생활을 즐겨볼까.

"크크크, 하하하하하!"

"바이스, 왠지 즐거워 보이네요. 그렇게 여행이 좋아요?"

"우리와 함께 지낼 수 있어서 그런 게 분명해요! 바이스 님은 정말 다정하신 분이에요!"

——추코항(港).

바다 냄새가 감돌고, 해안에는 여름 햇살이 내리쬐고 있다.

"우와——! 엄청 예쁘다!"

"그러게. 바다 냄새가 나."

"알렌, 듀크, 일행이랑 떨어지지 않도록 조심해."

""네, 엄마.""

바보 트리오도 상당히 들뜬 모습이었다. 하긴 즐길 수 있을 때 실컷 즐겨야지.

여행 준비하기를 며칠, 우리는 마침내 배를 갈아타고 추코항에 도착했다.

지금껏 어울릴 기회가 없었던 같은 반 녀석들도 모두 함께다.

다들 웃으며 잡담을 나누고 있는데, 과연 마지막 날에는 과연 어떤 얼굴을 하고 있을까.

"바이스, 오늘 유독 즐거워 보이는군?"

밀크 선생님이었다. 다리우스, 클로에와 함께 우리를 인솔 중인데, 더위 때문인지 평소보다 노출이 많았다. 팔뚝은 너무 가냘프지도, 그렇다고 굵지도 않았다. 적당한 살집.

음, 이런 생각이나 하는 걸 보니, 나도 들떴나 보다.

"뭐, 앞으로 있을 일(가혹한 이벤트)이 기대돼서요."

"너도 남자(바다와 여자애들과 수영복)다 이거냐?"

"예, (곧 있을 이벤트로 피가 끓어오르는 것을 보니) 그런 모양입니다."

"그렇다면 그 썩어빠진 근성(수영복이 그렇게 보고 싶다니, 제자 실격이다)을 뜯어 고쳐주지."

"물론—— 예? 아니, 그게 갑자기 무슨 말이죠?!"

"좋아, 그럼, 선생님들 뒤를 따라오도록——."

다리우스의 뒤를 따라 해안을 따라 걸으니 탁 트인 곳이 나왔다.

그리고 정면에는 제법 큰 저택이 둘. 아니, 관(館)이라고 해야 하나? 정확히는 모르겠으나, 제법 큰 건물이었다.

두 건물이 나란히, 남자 숙소와 여자 숙소로 나뉘어 있었다.

외관은 오래되고 낡아서 다소 불안했지만, 안에 들어가 보니 아름다운 곳이었다.

원작에서도 본 적은 있지만, 세세한 부분까진 못 봤으니까.

참고로 이렇게 많은 학생이 한꺼번에 묵을 수 있는 시설이 이 세계에 있을 리 만무하지만, 그 정도는 애교로 봐주자.

방 배정은 이미 끝나 있었다. 각자 4인 1실로 이동했다.

멤버는…… 최악이었다.

"여어, 바이스! 잘 부탁한다!"

"바이스, 오랜만에 같은 팀이네."

듀크와 알렌이었다.

아마 포인트를 기준으로 산출한 결과겠지만, 영 마음에 들지 않았다.

"내 어깨에 손대지 마, 듀크. 넌 닭가슴살에서 지방질로 강등이다."

"지, 지방질이 뭐야, 알렌?"

"글쎄?"

방문을 열어 보니 생각보다 넓었다.

이층침대가 두 개.

나는 재빨리 아래쪽을 점거했다. 이동하기 쉬운 건 물론이고 바닥에 짐을 놔둘 수도 있다. 내가 제일 강하다. 따라서 내가 제일 먼저 선택할 권리가 있다.

"역시 난 위가 좋아! 높은 곳에서 내려다보고 싶거든!"

"나도 위쪽으로 할래."

……하여간, 이 녀석들은 아직 어리군.

곧이어 땀을 흘렸는지, 듀크가 옷을 벗기 시작했다. 그 순간, 갑자기 비명이 들렸다.

"으아악?! 뭐, 뭐야?! 여, 여자?!"

지방질의 시선 끝에는 부드러운 흑발에 보브컷, 큰 눈, 작은 코, 도톰한 입술을 가진 녀석이 있었다.

한눈에 봐도 '귀엽다'는 소리가 절로 나오는 외모다.

"어? 혹시 나 말이야?"

"너 뭐야?! 왜 여기 있어?! 여긴 남자 방인데?!"

"그야, 나도 알아."

듀크가 깜짝 놀라는 것도 무리는 아니다. 이 녀석은 '오린 파스텔'.

원래는 다른 반이지만, 포인트에 큰 변동이 생기면서 우리 반으로 이적했다.

가냘픈 몸, 가느다란 팔뚝, 새하얀 피부, 누구보다 천사 같은 외모……라는 콘셉트다.

"듀크, 실례야."

"엉? 뭐가?"

다행히 알렌은 정체를 아는 모양이었다.

"오린은 남자야."

"남자라고? 얘가?"

"응."

그렇다. 오린은 남자. 하지만 설정에는 이렇게 되어 있었다.

'노블레스 오블리주' 사상 최강으로 귀여운——'낭자애'.

"아, 내가 또 오해를 샀나 보네. 괜찮아. 자주 있는 일이야."

"후우, 뭐 잘못된 줄 알고 식겁했네……."

실은 나도 직접 보고 깜짝 놀랐다.

오린은 '노블레스 오블리주' 인기 캐릭터 투표에서는 늘 상위권을 차지했다.

이유는 여럿 있지만, 가장 큰 이유는 말도 안 되게 귀엽기 때문이다.

투명하고 하얀 피부, 가냘픈 팔다리에 긴 속눈썹…… 이 정도면 진짜 여자 아닌가?

"무슨 남자 놈이 피부가 그렇게 좋냐."

"어? 그, 그런가?"

지방질에게 칭찬받고 수줍게 웃는 모습은 그야말로 천사였다.

——잠깐, 나까지 이러면 어쩌자는 거야?

그런 취미는 없다고.

오린은 마음 약한 성격이라 자기 의견을 주장하는 타입은 아니다.

그런 점이 또 여성스럽기도 하다.

"다들 잘 부탁해."

"나도 잘 부탁한다, 오린!"

"잘 부탁해."

지방질과 알렌이 인사하자 자신을 받아줬다는 걸 알았는지, 그제야 가슴을 쓸어내렸다.

"바이스 군도, 잘 부탁해……."

"……그래."

뭐, 인사 정도는 받아줘도 되겠지.

이렇게 해서 우리 넷은 한방을 쓰게 되었다.

예쁜 장식은 있지만, 당연히 TV는 없다.

건물 구조는 여자 숙소와 이어져 있지만, 그 사이에 선생님들의 방이 있다.

따라서 오가는 건 불가능.

그야 죽어서 영혼만 남으면 가능할지도 모르지만, 그런 짓을 할 용자는 없다.

"자, 인사도 끝났으니, 수영복으로 갈아입자!"

"벌써?"

"어차피 딱히 할 일도 없잖아! 당장 바다로 뛰어가야지!"

그러더니 지방질은 상의를 벗고 근육을 자랑하기 시작했다.

상완이두근, 광배근, 그리고 복근, 하나같이 다 높은 수준을 자랑한다.

이 자식, 단백질도 모르는 주제에 제법이군…….

살짝 내 근육과 비교해 봤지만, 장렬하게 패배.

……제길, 조연 주제에.

"다, 다들 굉장하네……."

조용히 있던 오린이 수줍게 웃었다.

우리를 보고 위축되었던 모양이다. 오린은 힘도 없고 이렇다 할 공격 마법도 없다. 학업 성적도 평균보다 조금 높은 정도.

"나, 나도 벗는 게 좋을까?"

그 한마디에 우리는 그대로 굳어 버렸다. 뇌를 거치지 않고 바로 입으로 말을 내뱉는 듀크조차 눈치를 보고 있었다.

물론 같은 남자끼리니, 아무 문제도 없다.

하지만 사실 원작에서 오린은 많은 남자의 뇌를 파괴한 경력이 있다.

이 녀석 때문에 이상한 길에 눈을 뜬 녀석들이 헤아릴 수 없이 많았다.

나? 나는 노코멘트하겠다.

"에헤헤, 그러면 나중에 갈아입을까."

소심한 모습을 보니 왠지 카르타가 떠올랐다. 물론 외모 때문만은 아니다. 자기 재능을 아직 모르는 점이나, 주변 사람들에게 저평가받는 점이 비슷했다.

그러나 나는 오린의 진짜 가치를 알고 있다.

오린이 인기 많았던 이유는 외모만이 아니다. 그럴 만한 능력이 있기 때문이었다.

그녀…… 아, 아니지. 그는 '노블레스 오블리주' 중에서도 상당히 강력한 캐릭터이다.

"듀크 군, 굉장해! 파이팅——."

"우오오오오, 오린이 보고 있으니까 왠지 평소보다 팔굽혀펴기에 기합이 더 들어가는 것 같은데! 이유는 모르겠지만, 우오오오오오오오오오오오오!"

그 순간, 작은 다람쥐 모양의 마물이 듀크의 등으로 올라갔다.

듀크가 깜짝 놀라 펄쩍 뛰어오르며 소리를 지르자, 다람쥐는 오린의 머리 위로 이동했다.

"뭐야, 그거?!"

"미안. 내 마수야."

"마수?! 마수라고? 그걸 사역했어?"

"작은 애들은 어렵지 않아. 나는 마물과 사이좋게 지내는 건 자신 있어.”

“오~, 보고 있으니 귀엽기는 하네!”

“에헤헤, 그렇지?”

훈훈한 대화가 오가는 옆에서 나는 오린을 가늠했다.

지금 본 느낌으로는, 아직 개화하지 않았다.

아마 성장을 막 시작한 단계 같다.

남자 주제에 귀엽게 생긴 얼굴을 하고 있지만, 나중에는 누구보다 강해진다.

내가 기억하는 오린의 별명은 ‘사상 최강의 마수사(魔獸使)’.

원작의 막바지에 가면 오린은 기어이 고룡(古龍)을 종마로 부리는 수준에 도달한다. 나와 알렌이 상대했던 용과는 비교도 안 되는 수준의 마물이다.

소심한 낭자애가 용의 등에 올라타서 최종 보스와 싸우는 거다. 이걸 보고 흥분하지 않을 녀석이 어디 있겠는가.

“나도 팔굽혀펴기해 볼까. 힘은 별로 없지만…….”

“오오, 그거 좋지! 앗, 오린, 벗지 말라니까?!”

“아니, 왜?!”

……나는 흥분하지 않는다. 절대.

“듀크 군, 대단해! 불끈불끈.”

“오옷! 오린의 목소리를 들으니 더 힘이 나는걸!”

지방질이 엄청난 속도로 팔굽혀펴기했다.

오린이 손뼉을 치면 그의 머리 위에 있는 다람쥐도 똑같이 따라 했다.

사실 '노블레스 오블리주'의 세계관에서는 이것만 해도 굉장한 실력이다.

사역 마법 자체는 창작물에서 흔히 나오는 만큼, 마물을 부리는 설정은 그리 낯설지도 않을 것이다. 복슬복슬한 계열은 특히 인기 많기도 하고.

다만 '노블레스 오블리주'에서 사역 마법은, 비행 마법처럼 다루기 어려운 희귀 마법 취급이다.

약한 마물을 사역하는 데만도 상당한 집중력과 비범한 재능이 있어야 한다. 더구나 사역에 성공해도, 무언가 명령할 때마다 마력을 사용해야 하는 디메리트도 있다.

즉, 사역 마법은 쓰기 어려우면서 이점이 거의 없다.

비행이나 사역 마법은, 뇌가 여러 개 있어야 가능하다는 말이 있다. 팔다리가 늘어나면, 그만큼 뇌가 동시에 처리해야 하는 일이 늘어난다는 의미에서 나온 말이다.

오린의 재능은 바로 거기에 있다.

"나도 듀크 군처럼 되고 싶어."

"헤헤헤! 이거 쑥스러운데?"

원작에서 나는 그를 참 좋아했다.

물론 외모를 말하는 게 아니다.

최강의 마물들을 데리고 수많은 적과 맞서 싸우는 모습은 플레이어들을 매료시켰다.

과연 내가 만난 오린도 그렇게 성장할 수 있을까.

원작에서 그렇다고 여기서도 마찬가지라고 마냥 확신할 수는 없다.

나는 이곳에 온 이래로 원작의 시나리오에서 많은 것을 바꾸었다.

그렇다. 결과적으로 '바뀐' 것이다. 다행히 지금까지는 대부분 좋게 풀렸지만, 좋은 쪽으로 수정할 수 있다는 건, 안 좋은 쪽으로 꼬일 수도 있다는 의미다.

"듀크 군을 보고 있으니 왠지 나까지 땀이 나는 것 같아. 윗옷만이라도 벗을까?"

오린은 자기 셔츠로 손을 걷어 올렸다.

잘록하고 허리와 배꼽이 시야에 들어온 순간, 나, 듀크, 알렌의 표정이 똑같이 굳었다.

오린이 옷을 벗으려 한다. 벗는 모습도 영락없는 여자아이였다.

결국 한계를 맞은 지방질이 폭발했다.

"나는 여기 못 있겠어! 우오오오오오오오오오!"

"야, 듀크, 어디 가?!"

듀크는 상반신을 벗은 상태로 문을 박차고 나갔고, 알렌은 도망치듯 그의 뒤를 따라갔다.

남은 나는———.

"으음, 끄응, 옷이 걸려서 안 벗어지네. 바이스 군, 나 좀 도와

줄래?"

"……나도 나갈게."

"자, 잠깐, 왜?! 다들 어디로 가는 건데?!"

큰일 날뻔했다.

나는 바이스 판센트.

절대 오린에게 현혹되어선 안 된다.

차라리 잘 됐다. 이참에 저택 구경이나 하자.

원작에서는 생략된 세세한 부분을 조사할 기회다.

그때 의자에 앉아서 책을 읽고 있는 녀석이 눈에 들어왔다.

여기까지 와서도 책이라니.

"이봐."

그러나 무시당했다. 애초에 들리지도 않는 모양이었다.

그나저나, 얘도 참 미인이란 말이지. 책을 읽는 모습조차 예쁘다.

"그런가…… 흐음…… 하지만…… 아, 그렇군……."

나는 곁눈질로 책등을 힐끔 확인했다.

영락없이 '배틀 유니버스' 관련된 책일 줄 알았는데, 아니었다.

하 참. 이 세계 녀석들은 하나같이 착해 빠졌어.

"세실."

"──음? 아, 언제 왔어?"

"방금. 얼마나 집중하길래 불러도 대답이 없어?"

"미안. 책을 읽다 보면 자주 있는 일이야. 게임을 할 때도 그렇지만."

세실이 책을 건네기에 나는 내용을 대충 훑어봤다.

첫 줄부터 머리 아픈 문장들이 그득그득 적혀 있었다.

이 책은 '기자(騎子)'라고 해서, 과거의 위인이 쓴 일종의 병법서다. 알기 쉽게 설명하면 손자병법과 비슷한 책이라고 보면 된다.

'재앙'이 끝난 후, 세실은 부상자가 나왔다는 사실에 충격을 받았다.

세실은 사망자가 없는 이유를 마족이 살육에 동참하지 않았기에 가능했던 일이라고 분석했다. 실제로 '재앙'에서 날뛴 건 대부분 마물이었다.

물론 그대로 밀어붙였으면 우리가 승리했을 가능성이 크다. 그만한 희생도 함께 치렀겠지만.

세실은 그걸 자신의 실태로 생각했다. 일을 너무 만만하게 생각했다고.

당연히 나는 너무 과하게 생각하는 거라고 했지만, 그녀는 납득하지 않는 눈치였다.

나는 책을 돌려줬다.

"너무 무리하진 마."

"……괜찮아. 다음엔 좀 더 잘하고 싶어서 그런 것뿐이니까."

세실의 눈빛은 알렌을 닮았다.

올곧게 앞만 바라보는 그 눈빛이다.

옆에서 보기만 해도 든든하다.

그때 복도에서 하급생들이 우르르 나왔다.

모두 편한 차림으로 갈아입은 상태였다.

내 앞에 있는 세실도 교복이 아니라, 하늘색 후드형 래시가드를 입었다. 아마 안에는 수영복이겠지. 덕분에 하얀 허벅지가 자꾸 눈에 들어온다.

"어머, 판센트 군, 혹시 나한테 반한 거야?"

"뭐, 그럴지도."

"후후후, 조금도 거리낌이 없는 태도가 마음에 드네. 하지만 신티아가 알면 화낼지도 모르니, 다음에."

나 역시 세실의 이런 점이 마음에 들었다.

나도 옷을 갈아입으려고 방으로 돌아갔다.

이제 아무도 없을 줄 알고 문을 열었더니, 아무리 봐도 여자, 아무리 봐도 여자애, 아니, 낭자애 오린이 전신거울로 자기 수영복 차림을 보고 있었다.

소매가 손등을 덮는 연분홍색 래시가드.

피부가 세실보다 더 하얗다. 잡티 하나 없었다.

"앗, 바이스 군! ……어, 어때? 어울려?"

"어, 잘 어울려."

이런, 무심코 솔직한 감상을 내뱉고 말았다.

……젠장, 나에게 그런 취미는 없다고.

쏟아지는 태양, 새하얀 모래사장, 푸른 바다.

나는 비치파라솔 비슷한 것 밑에서 선글라스 비슷한 것을 쓰고 누워 있다.

옆에는 열대 과일 주스 비슷한 것이 놓여 있고, 접시 위에는 수박 비슷한 것도 있다.

죄다 비슷한 것이라고 표현한 이유는, 하나같이 이 시대 배경에는 없어야 하는 문물들이기 때문이다.

뭐, 깊이 생각하지 말자. 어차피 '노블레스 오블리주'는 그런 게임이었다. 그냥 느끼면 된다.

그래—— 지금의 나처럼 말이다.

"바이스, 슬슬 가요. 수수박도 다 먹은 것 같은데."

신티아는 검은색 하이넥 비키니 차림이었다. 저런 디자인은 보통 가슴 언저리를 커버하는 목적이라, 몸매가 좋은 그녀에게는 조금 아쉬운 선택이지만, 그게 또 사람을 동하게 만드는 면이 있었다.

보이지 않는 출렁도 나쁘지 않다.

"시원해서 너무 좋아요! 바이스 님!"

그에 비해 릴리스는 레트로한 분위기가 감도는 분홍색 원피스 수영복이었다. 투명한 망사 소재 덕분에 훨씬 더 귀엽고 여성스럽게 보였다. 적당한 출렁도 매력 포인트다.

물론 나는 남자이므로 옷이나 수영복에 대해선 모른다. 지금까지 생각해 본 적도 없다.

하지만 두 사람 다 참 잘 어울렸다.

모처럼 온 해변이지만, 앞일을 생각하면 우리는 놀고 있을 시간이 없다.

그러나 물의 저항력은 근력 단련에 효과적이다. 즉 이것도 단련이라고 할 수도…….

나는 선글라스 비슷한 것을 벗고 일어났다.

그때 또 다른 출렁임이 다가왔다. 카르타였다.

"바이스 군, 저기…… 밀크 선생님이 '바이스, 시합할 거니까 빨리 와라'라고…….."

말을 전달할 뿐인데 성대모사는 왜 하는 건지 모르겠지만, 의외로 비슷했다.

참고로 카르타는 학교 수영복이었다.

물론 노블레스 마법 학원에 지정 수영복 같은 건 없다. 저건 일본의 그 '학교 수영복'이다. 대체 어디서 저런 걸 구했지? 그리고 예전보다 더 출렁출렁한다. 설마 아직 성장기인가?

"아, 세실도!"

카르타의 시선 끝에는 요염한 자세로 누워 있는 세실이 있었다.

릴리스와 똑같이 원피스 수영복이긴 한데 좀 더 어른스러운 스타일이었다.

늘씬하게 뻗은 팔다리는 흡사 모델 같다. 출렁.

"나도? 알았어."

그나저나 무슨 시합 말이지?

설마…… 그걸 벌써 시작하실 작정인가? 이것도 변화 중 하나인가?

그렇다면 대충 할 순 없지.

밀크 선생님이 부른다면 서둘러야 한다.

속으로 투지를 불태우고 있자니, 오린이 종종걸음으로 다가왔다. 오린은 상의가 짧아서 배꼽이 살짝 보였다.

이 녀석은 출렁임이 없군.

……아니 그게 당연한 거잖아.

"나, 나도 가도 될까?"

그런데 내가 대답하기도 전에 신티아가 우리 사이로 끼어들었다. 그녀의 표정에서 묘한 압박감이 느껴졌다.

"당신이 오린이군요. 저는 바이스 판센트의 약혼자, 신티아 비올레타예요. 잘 부탁해요. 알겠어요? 제가, 바이스 판센트의 약혼자예요. 꼭 기억하세요."

"아, 네! 잘 부탁드려요!"

신티아가 두 번이나 똑같은 말을 했다. 이유는 모르겠지만, 조금 부담스럽다. 신티아는 질투심이 많은 편인지, 내게 다가오는 여학생이 있으면 견제할 때가 가끔 있다.

하지만 오린은 남자다. 그런 이유는 아닐 것이다.

"바이스, 어서 가요."

신티아가 내 팔을 끌어안은 탓에 출렁이가 팔에 닿았다. 곧 주위 남자들에게서 부러움이 담긴 선망의 시선이 느껴졌다.

노블레스 마법 학원은 귀족 학원이지만, 아직 약혼자가 없는 녀석이 태반이다. 보통은 이런 수학여행 같은 이벤트에서 친밀해진다고 하니, 저 녀석들은 이제부터 시작이다.

"야, 카르타 말인데, 지금 보니 괜찮지 않냐?"

"그래도 쟤는 안 되지. 바이스가 점찍은 애들 건들었다가는 죽을지도 몰라."

"그럼 세실은?"

"배틀 유니버스에서 이기면 데이트해 주겠다고 말했다는 소문이 있더라."

"뭐 그런 잔인한 거절 방법을 쓰냐……."

귀를 기울이니 들뜬 놈들의 대화가 들렸다.

그래, 너희들에게는 중요한 일이겠지.

하지만 그럴 시간이 있으면 당장 앞날이나 걱정하라고 조언하고 싶다.

밀크 선생님이 시작한 이상, 이제부터는 지옥이다. 웃음 따윈 나오지도 않을 거다.

자, 다시 기합을 넣자.

시합 시작이다.

"……."

도착한 나를 반기는 건 모래사장 위에 설치된 네트였다.

이건 비치발리볼이다. 피가 끓고 살점이 튀는 시합이 아니라 그냥 놀이다.

하지만 분위기는 예사롭지 않았다. 진정한 최강자가 하얀 공을 옆구리에 끼고 내 앞에 서 있기 때문이다.

"바이스, 너와 오랜만에 제대로 겨루어 보겠군."

"저도 기대되네요. 하지만 지지 않을 겁니다."

그래, 출렁 선생님이다. 앗, 아니다. 밀크 선생님이다.

의외로 정석적인 순백의 비키니.

탄탄한 허벅지가 역전의 용사를 연상시켰다.

"바이스 군, 파이팅!"

"그래."

반면 내 옆에는 가냘픈 팔뚝의 오린. 뒤가 조금 걱정된다.

내 뒤로는 신티아와 듀크가 자리를 잡았다.

밀크 선생님 옆에는 알렌과 샤리, 릴리스가 섰다.

4:4 시합이다. 평소와는 다른 조합이라 신선했다.

"절대 안 질 거야, 바이스."

"얼마든지 덤벼라. 알렌."

심판은 야구모자를 쓰고 의자에 앉은 세실의 몫이다. 그녀가 호루라기를 집었다.

"그럼, 시합 시작!"

——삑——!

"죽어랏!"

시작하자마자 출렁 선생님이 제자에게 폭언을 날리며, 공과 함께 높이 뛰어올랐다. 네트를 아득히 뛰어넘는 도약력과 엄청난 출렁출렁! 어느 게 공인지 헷갈린다!

설마 이걸 노린 건가?!

내 당혹감이 채 사라지기도 전에 출렁 선생님이 공중에서 공을 힘껏 때렸다. 내 얼굴을 향해서.

무시무시한 위력! 타임 랩스(섬광)가 아니었다면 인지하지도 못했을 거다. 마력까지 담았는지, 공이 굉음과 함께 대포알처럼 날아왔다.

저걸…… 받을 수 있나?

불가능하다. 저 공을 받을 생각을 하면 몸이 무사하지 못할 거다.

그 순간 나는 옆에 있는 근육질 몸을 잡고 재빨리 나와 위치를 바꾸었다.

"어? ——으아아아아아아아아아악?!"

햇볕에 잘 그을린 검은 근육질 얼굴에 공이 명중하자 비통한 외침과 함께 근육이 뒤로 날아갔다.

무시무시한 공격력이다. 하지만 역시 듀크는 남달랐다. 바로 일어났다.

"바이스, 너! 나를 방패로 쓰……."

혀가 완전히 꼬였다. 이게 바로 출렁 공의 위력인가. 나는 지방질을 무시하고 앞을 보았다.

"마력을 쓰는 건 반칙이잖아요!"

"무슨 말이지? 이건 노는 게 아니라, 마력 조작을 겨루는 시합이다!"

그렇구나, 착각하고 있었다.

이것은 단순한 놀이가 아니라 엄연한 수업. 물질에 마력을 부여하는 연습을 겸한 진짜 시합이다.

자칫 그것도 모르고 시작하자마자 게임 오버가 될 뻔했다.

"야, 바이스! 나니까 이 정도로 끝난 거야!"

"그렇겠지. 네 덕분에 살았다."

"그, 그래? 하하, 그럼, 용서해 줄까."

단순한 녀석. 이럴 때는 이용하기 참 좋다.

시합은 이제 막 시작되었다. 이 근육을 가능한 한 소중히 하자.

규칙은 이해했다. 사정 따윈 봐주지 않겠다. 이 시합도 내가 이길 것이다.

"밀크 선생님 팀의 우승이야."

수영복 차림의 세실이 한 손에 책을 들고 냉정하게 선언했다.

결국 우리는 한 번도 공격에 성공하지 못했다.

불볕더위 아래에서 몇 번이나 얼굴로 공을 받아내는 바람에 지방질의 자랑스러운 체력도 바닥을 보이고 말았다.

"하아, 하하, 힘들고…… 아파 죽겠……. 그보다 샤리! 너, 해 본 적 있지?"

"없어. 이 정도는 다들 하는 거 아니야?"

"릴리스, 잘하던데?"

"정말요? 감사해요!"

지방질의 말대로 샤리는 물질에 마법을 부여하는 데 능숙했다.

마력인지 정력의 힘인지는 모르겠으나, 밀크 선생님 못지않은 공격이었다.

그리고 뜻밖에도 릴리스도 잘했다.

솔직히 얕보고 있었다.

물질에 마력을 담는 건 상상 이상으로 고도의 기술이었다. 그걸 샤리와 릴리스는 능숙하게 소화했다. 한편 나와 듀크는 글렀다.

그리고 의외였던 건——.

"하앗!"

"오린, 잘하네."

가냘픈 목소리를 내면서 공격을 성공시킨 건 오린.

가느다란 팔뚝으로도 꽤 잘하네.

"제법이잖아, 오린!"

"에헤헤, 고마워."

그러고 보니 남자들이 조용하네.

평소 같으면 난리를 쳐야 하는데——.

"오린, 너무 귀엽지 않냐?"

"아아, 나…… 좋…….'"

"정신 차려! 무슨 생각 하는 거야! 그쪽으로 가면 안 돼!"

그게 아니라 너무 흥분하지 않으려고 자제하는 중이었다.

그냥 놔두자.

나는 그 후로도 최선을 다했지만, 생각만큼 잘되지 않았다.

스파이크를 날리는 순간, 손바닥을 통해 공에 마력을 부여하면 되는 일이지만—— 간단해 보여도 쉽지 않다.

"바이스 군."

"……왜?"

그러자 오린이 말을 걸었다. 머리 위의 다람쥐가 삐삐삐 울고 있었다.

어쩐지 신티아가 이쪽을 뚫어져라 보고 있는 것 같은데. 기분 탓이겠지.

"저기, 나 생각해 봤는데…….”

"뭐?"

"미, 미안해!"

"……아냐, 조금 흥분해서 그래. 무슨 일이야?"

"아마 힘을 너무 많이 넣어서 그런 게 아닐지 싶어. 어, 그러니까, 그 완력이 아니라 마력 말이야?! 부여는 건 손바닥의 마력을 살짝 이동시키기만 하는 거야. 그러니까 힘은 없어도 돼. 내가 피핀을 사역했을 때와 비슷해.”

"……살짝이라.”

듣고 보니 내 사전에 그렇게 부드러운 말은 없었다.

샤린과 릴리스는 그렇다 쳐도, 출렁 선생님도 그게 가능하다고?

아니다. 스승님을 의심하는 건 그만두자. 맞아 죽는 미래가 보인다.

그나저나 피핀이라고 하구나, 머리 위의 다람쥐 이름.

뭐—— 그런 건 아무래도 상관없다.

“······해볼까.”

공을 높이 던진 후, 공격하는 순간에 마력을 흘려보냈다.

그러다가 직전에 슬쩍 힘을 뺐다. 그러자 놀랍게도 손바닥의 마력이 조용히, 그리고 매끄럽게 이동하는 게 느껴졌다.

손바닥에 공이 부딪친 순간── 엄청난 위력이 되어 날아갔다.

“오, 제법이군.”

그것을 본 밀크 선생님이 미소를 지었다.

내가 봐도 상당한 위력이다. 그런데 저런 여유라니.

“알렌, 뒤는 맡기겠다.”

“예? 아니?! 크아아아악?!”

휙 하고 가볍게 피하는 선생님.

공은 밀크 선생님의 뒤에 있던 알렌의 얼굴에 명중하더니, 알렌을 멀찍이 날려 버렸다.

역시 주인공. 마무리 컷도 독점하다니.

······그나저나 생각보다 효율이 좋다.

혹시 이걸 검에 이용하면 굉장한 위력이 나오지 않을까?

“바이스 군, 잘했어!”

그러자 오린이 하이터치를 하려고 손을 높이 들었다.

활짝 피어오르는 미소, 나도 모르게 그 요구에 응하고 말았다.

많은 남자의 뇌를 파괴한 의미를 알 것 같──.

‘바이스, 지켜보고 있어요’

그러자 신티아가 입 모양으로 나를 제지했다.

……오린은 위험해.

그 후, 듀크도 오린의 조언 덕분에 요령을 터득한 모양이었다.

늦게나마 알렌도 마찬가지.

하지만 결국 밀크 선생님의 가차 없는 공격으로 시합은 패배로 끝났다.

눈 부신 태양, 등이 땀에 젖어 축축했다.

그래도 앞을 보니 푸른 바다가 펼쳐져 있었다.

"바이스, 같이 수영하지 않을래요?"

"그럴까."

강해지는 건 물론이고 눈이 즐겁기까지 하다.

젠장, 최고잖아, 수학여행.

"좋았어! 바다에 들어가자! 바다아흐하!"

지방질은 여전히 망가진 상태였지만, 밀크 선생님이 마력을 정돈해 주었다.

숙소로 돌아온 우리는 바닷물과 땀을 씻어내기 위해 목욕탕에 들어가려 했다.

하지만 마음 편해야 할 탈의실에는 긴장감이 감돌고 있었다.

그 이유는 단 한 사람의 존재 때문이다.

"휴우, 정말 재미있었어."

오린은 옷을 펄럭거리면서 이제나저제나 옷을 벗으려 하고 있었다.

참고로 오린의 목소리는 거의 여자와 똑같다. 만약 오린이 두 손으로 눈을 가리고 '누구게?'라고 물어보면 여학생의 이름을 말할 정도로.

게다가 원작에서 노블레스 마법 학원 학생들의 목소리는 원작대로 유명 성우들이 담당했다. 원작에서 오린의 성우는 현역 아이돌. 이것만 봐도 지금 이 탈의실의 상황이 얼마나 심각한지 알 수 있다.

"어, 어이. 오린이……."

"절대 보지 마! 남자다!"

"아, 알고 있지만."

다크 아이와 타임 랩스를 사용하면 느긋하게 볼 수 있어, 라는 악마의 속삭임이 들렸다.

"재미있었지, 알렌!"

"응. 이것저것 배운 것도 많았어. 역시 밀크 선생님이야."

알렌과 듀크는 신경 쓰지 않는 것 같았다. 역시 둔감 콤비는 정신력이 다르군.

"휴우, 자, 목욕하자, 목욕——♡"

오린의 어미에 하트가 붙은 느낌이 든다. 뭐, 기분 탓이겠지.

나는 강철 멘탈을 가진 사람이다.

무슨 일이 일어나도 끄떡없도록 단련을 거듭해 왔다.

그래서 재빨리 옷을 벗고 그 자리를 뒤로했다.

나는 목욕을 좋아한다. 이 세계에 와서 제일 먼저 한 일이 판센트 가의 욕실 수리였을 정도다.

이곳은 탕이 실내에 있지만, 다른 층에는 노천탕도 있다고 한다.

당연히 샤워 시설은 없지만, 마법을 이용해서 그 비슷한 게 설치되어 있었다.

뜨거운 물을 전송하면 지팡이 끝에서 뜨거운 물이 나오는 구조다.

무슨 원리인지 모를 마법이지만, 그 정도는 '노블레스 오블리주'에서는 애교.

하지만 목욕에 까다로운 내게 이 세계의 목욕 문화는 영 만족스럽지 않았다.

언젠가 내가 이 세계를 제패하면 최흉의 목욕탕을 만들고 말 테다——.

"크으, 코에서 피가——."

"어?! 괜찮아?!"

"정신 차려! 여기서 잠들면 안 돼!"

몸을 씻고 탕에 들어가려는데 탈의실에서 비명이 들렸다.

잘 모르겠지만, 무슨 일이 있었던 모양이다.

제길…… 내 정신을 뒤흔들어 놓다니.

"와아, 넓다——."

뜨거운 김을 사이로, 가슴까지 수건을 두른 오린이 나왔다.

남자가 저런 식으로 수건을 두른 건 처음 봤다.

뒤이어 듀크, 알렌도.

오, 제법 단련된 복근이군.

"웃차, 일단 탕에 들어가서 느긋하게—— 히익?!"

"——이 자식, 공공 예절도 모르냐? 땀을 흘렸으면 몸부터 씻고 들어와야지. 어?"

하지만 듀크 녀석은 그대로 탕에 들어가려 했다.

나는 마력을 실은 손으로 듀크의 발을 잡았다. 비치 발리볼 대결을 거치면서 마력을 사용하는 법도 능숙해졌고 힘도 더 세졌다.

"……네, 네에. 죄, 죄송합니다."

"바이스, 무서워…….."

내가 진심이라는 걸 알아챈 듀크와 알렌은 움츠러든 모습으로 멀찍이 떨어졌다.

목욕을 우습게 보지 말라 이거야.

"옆에 앉아도 돼?"

먼저 몸을 씻은 오린이 다가왔다. 안 될 건 없지.

그런데…… 피부가 참 매끈매끈하네.

"……그래."

"에헤헤, 고마워."

늘 머리 위에 있는 다람쥐도 여기까지는 따라오지 않는 모양이다.

그나저나 보면 볼수록 여자 같—— 다른 생각이나 하자.

"참, 네 덕분에 요령을 익혔어. 시합에는 졌지만, 의미 있는 승부였어."

"내가 한 게 뭐가 있다고. 그래도 그렇게 말해줘서 고마워. 난 칭찬 받은 적이 별로 없거든."

나는 진심으로 고맙게 생각한다.

그도 그럴 것이, 검마배의 우승 상품으로 손에 넣은 마법검을 다루는 데 아직 애를 먹고 있기 때문이다. 그러나 마력 조작을 깨달은 지금이라면 더 잘할 수 있을 것 같다.

그때 오린이 묘한 표정으로 입을 열었다.

"오히려 고마운 건 나야."

"무슨 뜻이야?"

"나는 바이스 군과 같은 방이라서 다행이라고 생각했어. 물론 듀크 군과 알렌 군도. ……다른 애들은 내가 여자 같다고 무시하고 피하기 일쑤였거든."

워낙에 순수해서 모르는 줄 알았는데, 그렇지도 않았군.

하지만 그건 어쩔 수 없는 일이다. 다른 남자들처럼 대하기는 묘하게 꺼려지는 구석이 있으니까.

물론 오린을 피하는 이유는 그게 전부가 아니겠지만.

오린은 귀족 가문 출신에 붙임성도 좋지만, 흔치 않은 재능을 타고났다. 카르타의 비행 마법처럼, 천부적인 재능은 다른 이들의 시기를 사기 쉽다. 자신은 피를 토할 정도로 노력해도 도달하지 못할 경지에, 바로 옆에 있는 녀석이 올라가 있는 게 영 못마땅한 것이다.

나 같은 경우는 타인을 거절하는 태도가 있는 탓에 다가오는 녀석이 별로 없다.

어차피 포인트 제도가 있는 이상, 동급생은 곧 라이벌이다. 그게 또 좋은 거지만.

"그딴 놈들은 실력으로 짓밟으면 돼."

"바, 밟으라고? 내가 그런 걸 할 수 있을까? 그래도 열심히 해 볼게!"

오린은 내가 격려하는 줄 아는 모양인데, 나는 사실을 말했을 뿐이다. 머지않아 그렇게 될 테니까.

아니 뭐, 실은 사심이 좀 섞였을지도 모른다. 원작에서 오린을 제법 애용했던 탓인지, 솔직히 다른 녀석들보다 더 돌봐주고 싶은 마음이 든다.

나도 사람이니 어느 정도 배려는 할 수 있지, 암.

"바이스, 나 깨끗이 씻고 왔어."

"나도."

"가만히 있어봐."

다크 아이로 상태를 검사했다. 알렌은 어쨌든, 지방질은 발뒤꿈치를 더 씻어야 한다.

"넌 다시 씻고 와."

"왜?! 내가 얼마나 신경 써서 씻었는데!"

"그러면 뭐 해, 덜 씻겼는데! 죽고 싶냐?"

"미안……."

지방질을 싫어하는 건 아니지만, 나는 목욕에 한해서는 한없이 깐깐해진다.

"저기, 알렌 군. 바이스 군은 목욕에 엄청 까다로운 것 같아."

"몰랐구나. 바이스는 사실 목욕 남작이라는 별명이 있어. 본인에게 절대 말하지 마."

"아, 어쩐지……."

둘이 속닥속닥 무슨 말인가 하는 것 같다. 하지만 지금은 그게 중요한 게 아니다.

이 녀석들도…… 아직 멀었군.

"안 되겠군. 너희 둘도 역시 마음에 안 들어. 부족해. 남 말할 시간에 가서 한 번 더 씻고 와."

""네…….""

목욕을 마치고 복도로 나오니 신티아와 릴리스와 마주쳤다.

둘 다 아직 머리카락이 젖어 있는 걸 보니 나처럼 이제 막 나온 듯했다.

"어머, 바이스. 목욕은 어땠어요?"

"그럭저럭. 물 온도가 조금만 더 높았으면 좋았을 텐데."

"후후후, 바이스 님은 정말 목욕을 좋아하신다니까요!"

참고로 남자와 여자는 목욕탕도 조금 다르다고 들었다. 어떻게 되어 있는지 물어보려다가 그만뒀다. 이미 밤이다. 들뜬 기분을 내려놓을 때다.

당근은 여기까지다. 이제 우리에게 남은 건 오로지 채찍뿐이다.

당장 마음을 다잡아야 한다. 아마 학원 시험 중에서 가혹하기로 손꼽는 이벤트가 될 테니까.

"신티아, 릴리스, 방으로 돌아가면 훈련복으로 갈아입어. 시간이 있으면 마력도 모아두고."

갑작스러운 말에 두 사람은 눈을 동그랗게 떴다.

하지만 나는 웬만해선 농담하지 않는 사람이다. 게다가 우리는 신뢰하는 사이다.

진심인지 아닌지는 금방 알아본 것 같았다.

두 사람의 표정이 180도 달라졌다.

"알겠어요. 카르타 씨와 세실 씨에게도 전해둘까요?"

"그건 알아서 해."

"그럼 저는 먼저 가서 준비하겠습니다."

"그래, 나중에 봐."

나는 방으로 돌아가서 준비를 마친 후, 때가 오기를 기다렸다.

일정표에는 저녁 식사라고 적혀 있었지만, 그건 거짓말이다.

녹초가 된 몸, 긴장이 풀린 뇌를 기다리는 건 아주 즐거운 이벤트다.

그때 알렌과 듀크, 그리고 오린이 뒤늦게 나타났다.

"배고프다! 저녁은 해산물이려나?"

"글쎄. 그래도 엄청 맛있겠지."

"난 소식가인데도 배고프다."

"근데 바이스는 왜 훈련복 차림이냐?"

“두고 보면 알아.”

“뭐? 무슨 얘기——.”

그때 저택 내에 풀어둔 마법새가 외치기 시작했다.

『집합, 안뜰로 집합! 집합, 안뜰로 집합!』

오린과 알렌, 듀크는 서로 눈치를 보더니 훈련복으로 갈아입었다.

노블레스 마법 학원의 마법새는 중요한 때만 나타난다.

미리 파악하고 있던 나는 천천히 안뜰로 향했다.

이 근방은 시험을 치르기에 좋은 여건을 가지고 있다. 주위에 주택가가 없어서 큰 소리가 나도 문제 될 게 때문이다.

심지어 오늘은 원작대로 달빛도 거의 없었다.

암흑의 세계. 웬만큼 가까이 있지 않으면 서로가 누구인지 알아보기도 힘들었다.

이보다 시험에 좋은 날은 없다.

내가 제일 먼저 왔을 줄 알았는데 밀크 선생님, 다리우스, 클로에가 이미 와서 기다리고 있었다.

다리우스만 미안한 표정이었다.

일정을 일방적으로 속인 게 미안한 모양이지만, 여긴 애초에 그런 시설이다. 우리는 제 발로 이곳으로 들어온 놈들이고.

어떤 상황에서도 냉정하게. 노블레스 마법 학원에서 귀가 따갑도록 듣는 말이다.

잠시 후, 학생들이 서둘러 저택에서 나왔다.

하나같이 당황한 모습이다. 밖은 어둡고, 이제부터 무슨 일이 일어날지 상상하지도 못할 것이다.

그래도 분위기가 예사롭지 않다는 건 알아챈 것 같았다.

도착하자마자 대부분은 다시 정신을 집중하려 애쓰며 목소리를 죽였다.

마법은 이미지의 세계다. 들뜬 상태로 마법을 발동하는 건 쉬운 일이 아니다. 기반이 허술하면 위력도 반감된다.

모두 모이자, 밀크 선생님이 앞으로 나섰다.

"다들 눈치 빠르고 우수하니 대충 알고 있겠지. ──이건 시험이다."

정적이 속에서 희미한 탄식이 흘러나왔다.

아직 희망을 버리지 못한 사람이 있었나 보다.

하지만 당연히 그런 일은 없다. 그리고 곧 혹독한 시험이 시작되리란 건 금방 알 수 있었다.

"……다들 표정이 좋군. 두려움과 각오로 가득해."

평범한 학원물이라면, 이 상황에 나올 이벤트는 하나밖에 없다. 바로 '담력 테스트'다. 남자와 여자가 짝을 이뤄서 공포를 극복하면서 마음의 거리를 좁히는 연출을 쓸 수 있기 때문이다.

하지만 노블레스 마법 학원에 그딴 풋풋한 이벤트는 없다.

"왼쪽을 보도록."

모두가 왼쪽으로 고개를 돌렸다. 어두워서 아무것도 보이지 않았다.

아니, 희미하게 보이긴 한다. 산처럼 생긴 것이.

"저 산의 곳곳에 특수한 링을 숨겨 두었다. 그걸 모아서 시험이 끝날 때까지 가지고 있기만 하면 된다. 간단하지? 참고로, 링이 많으면 많을수록 포인트도 많이 받는다. 그야말로 이전과는 비교도 안 될 만큼 잔뜩."

그 말을 들은 순간, 하급생들의 표정이 변했다.

아무리 갑작스러워도 경쟁 앞에서는 피가 끓는다.

물론 이벤트를 알고 있었던 나도 마찬가지였다.

"시험 종료는 자정. 아직 5시간 정도는 남았으니, 저녁을 먹을 시간은 충분하다."

저녁 식사—— 그 말에 조금이나마 표정이 풀어지는 하급생들.

그러나 밀크 선생님이 간발의 차도 두지 않고 입을 열었다.

"물론, 그것도 시험 중에 먹을 배짱이 있을 때의 이야기지만. 이번 시험에서는 종료 시점에 링이 하나도 없는 녀석은—— 바로 퇴학이다."

"뭐라고요……?!"

"이건 억지잖아……!"

"고작 그걸로 퇴학이라니요?!"

"뭐, 다소 그런 면이 있긴 하지. 그래서 학원장님도 만류하셨다. 하지만 안심할 일은 아니야. 링이 하나도 없는 녀석은 포인트가 대량으로 차감되니까. 그리고 당연하지만 어떤 이유든 0이 되면 여지없이 퇴학이다. 아울러서 구체적인 증감 수치는 알려주지 않는다.”

그 말에 나는 눈썹을 찌푸렸다.

원작에서는 링이 없는 경우, 바로 퇴학이었다. 시나리오가 변경된 건가?

하긴, 원작의 흐름보다 학생의 수가 훨씬 빠르게 줄었으니, 당연한 조치다. 원인을 따지자면 내게 덤비는 라이벌들을 모조리 쫓아낸 탓이다.

어차피 달라질 건 없다. 결국 누군가는 퇴학당할 테니까.

포인트가 얼마나 깎일지 모르는 이상, 다들 필사적으로 최소한 개는 확보하려 할 터.

링 하나만 찾고 죽어라 지키는 녀석도 나올 것이다.

물론 하나로 만족 못 하는 녀석도.

——전원 박살 내주마.

그리고 또 하나, 이 시험은 단순히 학생끼리만 경쟁하는 게 아니다.

서로 경쟁하다가도 갑자기 협력해야 할 수도 있다.

“참고로, 저 산의 별명은 ‘죽음의 숲’이다. 이곳은 밤이 되면 마물이 나타나는 곳으로 유명하거든.”

원작에서는 클로에가 얘기했지만, 어쨌든 똑똑히 기억하고 있다.

이 숲은—— 언데드 몬스터의 영역이다.

일반 마물과 달리, 언데드는 통각이 없고 마력이 있는 한 쓰러지지도 않는다.

　오른팔을 잃든, 왼팔을 잃든, 머리를 잃든, 죽어라 덤벼든다는 말이다.

　심지어 오늘 밤은 달빛조차 거의 없는 암흑이다. 저 숲에서 돌아다니면 마력을 쓸 일이 한두 번이 아닐 것이다.

　즉, 앞도 안 보이는 곳에서 링을 찾아다니며, 경쟁자와 언데드까지 경계해야 한다. 보통 가혹한 환경이 아니다. 오죽하면 서약서를 쓰고 가라고 하겠는가.

　그렇지만 벌써 기권하는 겁쟁이는 없었다.

　자, 이제부터가 진짜 하급생들의 수학여행이다.

절그럭절그럭.

전이 마법으로 이동한 순간, 스켈레톤이 나를 맞이했다.

바람에 뼈끼리 부딪치며 불규칙한 소음이 들렸다.

스켈레톤은 해골에 영혼이 달라붙은 마물이다.

놈들은 생전의 움직임을 재현하는데, 이 녀석은 오른손에 마력으로 만든 검을 들고 있었다.

저런 마력 무기는 평범한 무기보다 위력이 강하다.

"하지만 상대를 잘못 만났군."

스켈레톤은 몰려다니는 습성이 있어서, 하나만 있는 경우는 거의 없다. 상대하고 있으면 어디선가 더 튀어나온다. 그래서 보통 스켈레톤을 상대할 때는 속전속결이 원칙이다.

하지만 나는 그럴 생각이 없다.

검마배에서 검을 받은 이후, 나는 등에 메는 특이한 형태의 칼집을 하나 만들었다.

형태가 특이한 이유는, 검이 검 자루만 있는 형태이기 때문이다. 손잡이 부분에 마술 글귀를 새겨 특별한 술식을 담은 무기다.

나는 검에 천천히 마력을 흘려 넣었다.

신티아의 글라키에스(얼음검)와 비슷한 것 같지만, 실은 전혀 다르다.

어둠과 빛의 마법검.

그리고 또 하나 알게 된 건데, 마물을 상대로는 마법을 봉인하는 인루트(마력 난류)가 통하지 않는다. 아마 사람이 쓰는 마법과 구동 방식이 달라서 그런 듯했다.

""""카카? 카카카? 카카카?""""

아니나 다를까, 어디서 스켈레톤들이 나타나 우르르 몰려들었다.

하지만 내게는 문제가 아니다. 아니, 오히려 고마울 따름이다.

이렇게 빨리 실전에서 시험해 볼 수 있다니. 안 그래도 궁금해서 미칠 지경이었다.

이번 시험의 요점은 링이지 몬스터 토벌이 아니므로, 스켈레톤을 아무리 쓰러트려도 의미는 없다. 하지만 더 기다릴 수가 없다.

"덤벼라, 해골 자식들아!"

스켈레톤의 공격은 재빨랐지만, 나는 공격을 피하고 반격으로 단번에 분쇄했다.

두 번째 녀석이 곧장 내게 검을 내찔렀지만, 언내추럴(부자연스러운 벽)으로 도약한 후 검을 내리쳐서 분쇄했다.

마지막에는 정면에서 박살 냈다.

스켈레톤의 뼈가 부서지면서 마력이 산산이 흩어졌다.

원래는 마력이 남아 있는 한 영혼이 돌아와 계속 일어나야 하는데, 검이 빛 속성을 가진 덕에 영혼이 돌아오질 못했다. 즉 완전한 죽음이다.

나는 봐주지 않고, 잇달아 나타나는 스켈레톤을 박살 내서 검의 위력을 확인했다.

마치 두부처럼 잘린다. 타임 랩스를 사용하지 않아도 파괴력으로 적을 굴복시킬 수 있다.

'노블레스 오블리주'에서 상성 공격은 위력 보정이 붙는다.

불에는 물, 흙에는 바람.

빛과 어둠은 희소한 만큼 더 골치 아프다고 들었다.

모든 게 끝나고 위를 올려다보니, 가지에 걸린 링 하나가 보였다.

스켈레톤이 우글거리는 곳에 있는 게 우연은 아닐 터.

즉 위험할수록 링이 많다는 뜻이다.

원작에서는 무작위였는데. 밀크 선생님이 교활한 꾀를 낸 거겠지.

게다가——.

"카카? 카카카? 카카카?"

"그갸아아아."

"비가르르르."

연습 상대는 맞은편에서 몰려들고 있었다.

최고다. 하지만 다른 녀석들에게는 지옥일지도.

"……."

그렇게 근처를 떠돌기를 몇 시간.

언데드 몬스터는 지겨울 정도로 쏟아져 나왔지만, 인간은 단 한 명도 마주치지 못했다.

단순히 운이 나빠서 엇갈렸다고 보기는 어렵다.

노블레스 마법 학원은 학생을 양성하는 곳. 취지에 맞춰 나만 조금 동떨어진 곳에 보냈을 가능성이 있다. 뭐, 아무래도 상관없지만.

지금까지 찾은 링은 총 12개. 생각보다는 적었지만, 포인트는 제법 될 것 같았다.

그래도 이제 이 풍경은 질렸다. 슬슬 다른 사람과 좀 마주쳤으면 좋겠는데——.

"식물 속박!"

갑자기 발밑에서 덩굴이 자라나, 뱀처럼 꿈틀거리면서 내 손발을 붙잡아 죄었다.

하급생 후반기에 이르면 이런 독자적인 마법을 부리는 녀석들이 점점 늘어난다.

그 탓에 갈수록 게임이 어려워지지만, 그만큼 재밌기도 했다.

뭐, 나한테 들키지 않고 기습한 건 칭찬해주지.

"좋았어! 바이스, 아무리 너라도 그 상황에서는—— 어?!"

나는 마력 흘려 덩굴을 튕겨냈다.

"시도는 좋았어. 하지만 상대를 잘못 골랐군."

나는 가차 없이 제압하고 링을 3개를 빼앗았다. 다만 의식까지 뺏지는 않았다. 이대로 두면 또 어디서 링을 모아올 수도 있으니까. 나는 또 그걸 뺏으면 된다.

"히, 히익……."

나는 다시 발걸음을 옮겼다.

다들 올해 입학한 하급생이지만, '재앙'에서 살아남은 생존자이기도 하다. 저 녀석이 쓴 마법도, 원작에서 봤을 때보다 훨씬 뛰어났다.

아아, 최고다. 이래야 '노블레스 오블리주'지.

시간이 얼마나 남았는지는 모르지만, 그리 많지는 않을 것이다.

그 후에도 하급생들과 여러 번 마주쳤고, 그때마다 링을 빼앗았다.

총 30개. 놀라운 건 무게가 전혀 느껴지지 않는다는 점이다.

절그럭거리며 걸리적거리기만 할 줄 알았는데, 이런 상황도 예상했다는 걸까.

하나 더, 원작에는 없던 게 추가되었다.

바로 링에 부여된 미약한 마법이다.

마치 디퓨저처럼 4대 속성이 은은하게 느껴졌다. 그렇다 보니 불 속성을 가진 사람은 불의 링을 쉽게 찾아낼 수 있었다.

그리고 덩달아 링을 찾다 보면 학생들끼리도 쉽게 마주친다.

이 또한 밀크 선생님이 교활한 꾀를 낸 게 분명했다. 어떻게든 우리끼리 충돌하도록 유도한 거다.

그나저나, 원작에서도 이만큼 모은 적은 없었던 거 같은데.

밀크 선생님이 거듭 강조했으니 일부 학생에게 상당한 포인트가 들어올 것 같다.

나 때문에 퇴학하는 사람도 몇 명은 나올 거고.

미안한 이야기지만, 거를 때는 걸러야 한다. 실력 없는 사람은 있어봐야 괜히 걸리적거리기만 한다.

동료와 협력은 중요하지만, 정작 동료가 약하면 하향 평준화될 뿐이다.

그때 조금 떨어진 곳에서 목소리가 들렸다. 여러 명이다.

얼른 나무 위로 올라가서 상황을 살폈다.

검은 단발머리—— 오린이 쫓기는 중이었다.

"너희는 저쪽으로 가!"

"좋아! 한쪽으로 몰아넣어!"

"헤헷, 멍청하긴! 오린, 거긴 못 지나가!"

남학생이 셋. 다른 반도 합동으로 하는 시험이다 보니 안면은 없는 놈들이었다.

공동 전선을 펼치기로 한 모양이다. 허리춤에는 링이 1개씩 있다.

"아앗, 으……."

궁지에 몰린 오린이 바닥에 쓰러졌다.

함정에 걸린 것 같다. 오린이 이곳에 발을 들여놓은 순간, 흙이 부드러워지면서 훅 꺼졌다. 단순한 수법이지만, 암흑 속에서는 상당히 효과적이다.

"피피피피르!"

쓰러진 오린을 지키려는 듯, 작은 다람쥐—— 피핀이 막아섰다.

그 모습을 본 남학생들은 비웃음을 흘렸다.

"하핫, 사역할 수 있다고 들었는데, 고작 이 정도였냐?"

"아무리 재능이 있어도, 현실이 이래서야 도움도 안 되겠군."

"그러게. 자, 오린, 우릴 원망하진 말라고."

남학생들은 오린을 검으로 베려고 했다.

그 순간, 피핀이 엄청난 속도로 움직여 남학생에게 박치기했다.

"──억?!"

"뭐, 뭐야?! 왜 그래?"

"이 자식, 뭘 한 거냐?!"

"피피피!"

녀석들도 눈치는 있는지 즉시 마법으로 피핀을 속박했다.

오린은 눈을 감고 있었지만, 실은 마력을 흘려보내 피핀을 조종하고 있었다.

일류 마수사는 마물을 자기 몸처럼 자유자재로 다룰 수 있으며, 스스로 움직이도록 명령할 수도 있다. 나아가 죽음을 각오하고 마물화하여 돌격하는 것도 가능하다. 이보다 더 무서운 공격은 없다.

뭐, 오린이 그렇게까지 할지 어떨지는 모르지만.

"오린! 시험이 끝날 때까지 얌전히 자고 있어!!"

남학생들은 매정하게도 그런 오린을 검으로 찌르려 했다.

아무리 오린이라도 아직은 어려우려나.

"구경 잘했어. 서커스를 봤으면 돈을 내야겠지."

"……바이스 군?!"

나는 그들 사이에 들어가 검을 막았다.

원작의 오린은 여기서 퇴학할 인물이 아니건만, 내가 시나리오는 비트는 바람에 위기에 처했다.

사실은 그렇더라도 오린이 약해서 퇴학당하면 어쩔 수 없다고 생각했는데, 막상 재능의 편린을 보니, 곁에 두는 게 내 미래를 위해 낫겠다는 생각이 들었다.

"바이스 판센트냐?! 어차피 개인전인데 왜 오린을 돕는 거지?! 너, 설마 오린을——?!"

"……죽어."

나는 평소보다 더 힘을 실어서 놈들을 쓰러뜨렸다.

훈련복만 아니었으면 분명 죽었을 오버킬의 일격.

상대는 신음을 흘리며 쓰러졌다.

이 자식들, 어디서 이상한 소문을 내려고.

"고, 고마워…… 그런데 왜?"

내 파멸 회피를 위해서라는 말은 못 한다. 이 녀석을 쓰러뜨리고 링을 빼앗을 수도 있지만, 여기서 끝장을 내는 건 어부지리인 것 같아서 자존심이 허락하지 않았다.

"——일어나."

손을 내밀었다. 오린은 놀란 얼굴로 흙 속에서 기어 나오더니 하아, 하아, 하고 숨을 가다듬었다.

그런 다음 바닥에 쓰러져 있는 학생들의 링을 빼앗았다.

한 명당 한 개씩, 얼마 안 되네.

아마 이 녀석들은 퇴학당하겠지만, 그건 내 알 바 아니다.

“바이스 군, 가차 없구나…….”

“왜? 불만 있어?”

“아니. 헤헤, 고마워.”

“오린, 링을 전부 넘겨.”

“어, 어째서?! 나를 도와준 거 아니었어?”

“그건 서커스 관람료였어. 내가 너한테 잘해 줄 이유가 없잖아. 네 실력이면 남은 시간 동안 하나 정도는 찾겠지. 아니면 여기서 누워 자는 걸 바라나?”

“후에에엥…… 알았어.”

눈물을 글썽이며 서둘러 허리춤으로 손을 가져간다.

그리고 내민 링은 놀랍게도 10개나 됐다.

“……의외로 많군.”

“에헤헤, 실은 암흑에 강한 아이를 사역했거든. 떨어진 곳에 있어서 당장 움직이진 못했지만.”

데헷, 쏙, 혀를 내밀더니 오른손 주먹으로 머리를 콩.

……이 녀석은 남자. 남자다. 낭자애다.

그나저나 두 마리나 동시에 사역했다니.

“그럼, 이만.”

“아, 알았어. 그런데 바이스 군, 소문과 달리 다정하네.”

“뭐?”

여러 의미에서 빨리 여기를 떠나자.

……위험하다.

"꺄아아아아아아아아아아아아아아아아악!"

그때 멀리서 여자의 비명이 들렸다.

시선을 들어보니 산의 정상 부근이 반짝이고 있었다.

저건…… 동굴?!

나는 재빨리 다크 아이와 타임 랩스로 마력의 출처를 탐색했다.

그 순간, 무시무시한 마력이 느껴졌다.

"제길, 이런 일까지 재현하다니……."

'노블레스 오블리주'에는 가끔 플레이어를 유혹하는 함정이 출현한다.

용과 싸웠을 때가 그런 경우다. 도대체 왜, 왜 이런 곳에 마물이? 하는 경우가 이따금 발생한다.

저 빛도 먹이를 포식하는 아귀의 유도등과 다를 게 없다.

출현 장소, 타이밍에 따라 다르지만, 어이가 없는 괴물이 튀어나올 때도 있다.

어떤 괴물인지 알아보려면 몸소 함정으로 들어갈 수밖에 없었다. 문제는, 이런 함정은 클리어를 전제로 하지 않는다. 어지간한 고수가 아니고서는 살아 돌아오기 어렵다.

예전의 나는 이런, 마치 개발진의 장난 같은 요소를 즐기곤 했지만, 지금은 그럴 여유가 없다.

특히 저건 특정 조건이 다 갖추어졌을 때나 랜덤으로 나타나는 거지, 이렇게 느닷없이 튀어나오는 게 아니다. 결국은 내가 비틀은 시나리오의 부작용이란 말이다.

“방금 소리, 바이스 군도 들었어?”

“……누가 마물과 싸우는 거겠지.”

그러자 오린은 눈을 감았다.

“……아니야. 누군가가 마물한테 습격당한 거야. ——위험해.”

“그걸 네가 어떻게 알아?”

“사역하는 마물을 이용해서 동굴 안을 봤어. 중간에 들켜서 당했지만……. 그보다, 서둘러야 해! 여자아이가 공격받는 중이었어!”

“여자애?”

그 순간, 나는 신티아와 릴리스를 떠올렸다.

아니, 말도 안 된다. 그 둘이라면 절대 함정에 걸릴 리 없다.

시선을 다시 거두니 오린은 이미 각오를 마친 표정을 짓고 있었다.

마치 주인공 녀석(알렌) 같다.

“어쩌려고?”

“도와주러 갈 거야.”

“저길 가겠다고? 직접 봤으면 알 텐데? 그건 괴물이야. 가면 죽어.”

“그래도…….”

오린의 눈은 대답하고 있었다. 꼭 가겠다고.

만약 혼자 보내면 여기서 죽을 가능성이 상당히 높다.

하지만 내가 있으면 얘기는 다르다.

몇 가지 패턴을 알고 있었다. 하나같이 징글맞을 정도로 강하지만, 지금의 나라면 어떻게든 할 수 있을지도 모른다.

"바이스 군, 가자."

"왜? 굳이?"

"곤경에 처한 사람을 도와야지. 그게 도리잖아."

하아, 이 녀석도 알렌과 같은 인종인가. 표정까지 똑같다.

"어리석은 짓인데도?"

"그래도 갈 거야."

"하, 어쩔 수 없군. 같이 가 줄게. 하지만 객기 부리지는 마라. 안 되겠다 싶으면 바로 빠져. 알겠어?"

어쩌면 내 착각인지도 모른다. 사실은 딱히 위기도 아니고, 그냥 조금 강한 놈이 나타난 걸지도 모른다. 링이 대량으로 있을 가능성도 있다.

오린은 힘껏 고개를 끄덕였다.

"가자. 늦지 마."

"물론이지."

언내추럴을 발동해서 하늘을 향해 달려 올라갔다.

오린은 즉석에서 마물을 사역했는지, 박쥐 같은 녀석의 다리를 잡고 쫓아왔다.

그 순간에 한 마리를 또?

하아, 이 자식, 진짜 천재잖아.

동굴 입구에 도착했지만, 불빛은 이미 꺼지고 없었다.

안에서 미약한 마력이 느껴지긴 했지만, 무언가에 가로막혀 있는 것 같았다.

이 안으로 발을 들여놓으면 어떻게 될지 모른다.

그때 알렌이 떠올랐다.

불가능을 가능하게 만들어서 용과 싸운 후, 나는 더욱 강해졌다.

또 그렇게 하면 된다.

동굴 안에 들어서자, 어딘가 이상한 느낌이 들었다. 젤리로 된 벽을 찢은 것 같은 느낌.

바로 이어서 엄청난 마력이 살갗을 찔렀다.

단순한 트랩이라면 다행이지만, 아무리 봐도 이건 최악의 패턴이다.

마물이나 생물에도 당연히 레벨이 존재한다.

저 녀석보다는 낮다, 고 할 수 있는 마물이 있기 마련이다.

최약체까지는 바라지도 않는다. 가능한 한 약하기만을 바랄 뿐이었다.

하지만 눈앞에 나타난 건 내가 아는 것 중에서도 최악이었다.

인간의 형태를 하고 있으며 전신이 시커멓고 두 귀는 뾰족하고 길다. 신장은 나보다 조금 작은 정도?

종족명은 악마, 개체명은 데몬, 인간을 죽이는 걸 좋아하며 마력양은 말도 안 되게 많다.

속성은 어둠. 나처럼 모든 속성에 대해 유효하다.

"ftgy후jmg메게f?"

우리를 발견한 데몬이 소리쳤다. 마물과 달리 지능이 있지만, 무슨 말인지는 알아들을 수 없었다.

안쪽에 몇 번인가 본 적 있는 여학생이 쓰러져 있었다.

"오린, 내가 녀석을 맡을게. 알겠지?"

"……알았어."

선수를 치는 게 중요하다는 건 알지만, 악마는 무슨 짓을 할지 모르는 종족이다.

우선 천천히, 가려고 했는데 데몬이 마력포를 발사했다.

무시무시한 위력. 하지만 그것은 악수다.

"——지금이다, 오린!"

마법 사용에는 경직이 따르기 마련. 내가 방어막을 치는 사이에 오린이 달렸다.

마력포가 방어막에 충돌한 순간, 요란한 굉음이 울려 퍼졌다. 이것이 악마의 마력. 하앗, 재미있군.

오린에게 힐끔 시선을 주니, 다행히 여학생은 살아 있는지 괜찮다며 고개를 끄덕였다.

데몬은 나를 적으로 인식했는지, 눈을 떼지 않았다.

그것을 알아챈 오린이 즉시 마력포를 발동했다.

놀라운 것은 카르타에 버금가는 힘이라는 점이다.

그러나 슬프게도 악마에게 명중하지 않고 눈앞에서 흩어져 사라지고 말았다.

나의 배리어(불가침 영역)와 똑같다. 악마 역시 자동으로 배리어가 발동했다.

“7hww가ww!!!”

거기에 분노를 느꼈는지, 악마는 등에 달린 날개로 마력포를 쏘아댔다. 마력포는 마치 동굴 안에 고무공을 던져 놓은 것처럼 움직였다. 사라지지 않고 튕기는 마법포는 처음이었다.

오린을 돕기 위해 앞으로 나선 나는 타임 랩스로 데몬의 마법 공격을 파괴했다.

“이 녀석에게 마법은 무의미해. 마구잡이로 쏘지 마.”

“wth사흐wwtt!”

설령 배리어를 파괴하더라도 어둠의 마법이 온몸을 뒤덮고 있어서 어지간한 공격은 죄다 흡수된다.

아니, 설령 공격이 먹히더라도…… 하지만.

원래 마계에서만 서식하는 악마다.

어쩌다 인간계에 떨어진 건지, 그 경위야 우리 같은 플레이어는 알 길이 없지만, 어떤 터무니없는 일이 이 녀석들에게 닥친 것이리라.

설득도 무의미. 잔뜩 신경이 곤두선 모습이었다. 자, 어떻게 할까.

“오린, 피핀은?”

“결계 때문에 튕겨 나간 것 같아. 하지만 나도 싸울 수 있어.”

“그래. 하지만 무분별하게 공격하진 마. 내가 지시를 내릴 테니까.”

"알았어."

데몬은 과거에 내가 싸웠던 마물 중에서도 최강 클래스다.

적은 아직 우리를 얕보고 있었다. 그 틈을 찾아내서 공격한다.

그 후는…… 원작 대로만 아니면 좋겠는데.

──힐 라이트 & 다크 라이트.

바닥에 손을 대고 데몬에게 상태 이상을 부여했다.

놈에게서 빠져나온 꺼림칙한 마력이 가호를 타고 내게 쏟아졌다.

오린과 여학생을 아군으로 지정하면 효과를 나눌 수 있지만, 이놈에게서 나온 어둠의 마력을 견뎌내긴 힘들 것 같았다.

곧장 다크 아이와 타임 랩스를 사용하며 달렸다.

데몬은 이해할 수 없는 말을 외치며 나를 향해 손을 뻗더니, 아까보다 더 강한 어둠의 마력포를 쏘아댔다.

보통 사람이라면 인지하지도 못할 속도였다.

하지만 내가 가진 속성은 어둠. 더구나 타임 랩스로 술식을 해제할 수도 있다.

"그딴 건 안 통해."

꽉 쥔 마법검, 하지만 직전에 힘을 슥 뺐다.

오린에게 배운 방법이다. 놀랍게도 마력이 매끄럽게 이동했다.

데몬에게 빼앗은 마력이 변환되어 불길한 마력이 검에 깃든다.

게다가 빛이 검을 얇게 뒤덮자, 어둠에 대한 공격력이 한층 더 강해졌다.

"gyh가wdkw."

“도대체 뭐라는 거야!”

데몬은 배리어로 응수했지만, 개의치 않고 베고 들어갔다.

유리가 깨지는 소리가 나면서 칼날이 데몬을 갈랐다.

힘차게 흩뿌려진 검은 피가 내게 튀었다.

뒤에 있는 오린이 기뻐서 소리를 지르는 게 들렸다.

데몬은 그 자리에서 비통한 비명을 지르며 괴로워하다가 쓰러졌다.

“대단해, 바이스 군!”

“서둘러. 나가자!”

하지만 나는 다짜고짜 외쳤다.

오린은 깜짝 놀란 눈치였지만, 얼른 기절한 여학생을 안아 들었다.

셋이 함께 밖으로 나가려고 동굴 밖으로 향하는데——.

“어? 나갈 수가 없어……. 이건, 결계?!”

“……역시.”

원작에도 나온 함정이다. 설마 이곳에 설치되어 있었다니.

역시 ‘노블레스 오블리주’는 만만하게 보면 안 된다니까.

타임 랩스로 확인해 보니, 프로그램의 에러 코드 같은 문자가 결계에 나열되어 있었다.

즉 술식 해제는 불가능. 하지만 어딘가 틈이 있을지도 몰라.

그걸 찾아내야——.

“바이스 군, 뒤!”

“──쳇.”

아까보다 배는 더 강한 어둠의 마력포가 뒤에서 날아왔다.

아슬아슬하게 피하자, 벽에 충돌하면서 요란한 굉음을 냈다.

아이러니하게도 벽을 파괴하는 방법은 못 쓸 것 같다. 저 정도 위력으로도 흠집 하나 나지 않았으니까.

“gh쟈아으ww!!!”

“이, 이 자식…… 왜 살아 있지…….”

오린이 겁에 질린 것도 무리는 아니었다. 왜냐하면──.

“불사신이니까.”

유일한 탈출 방법은 ‘죽음’이다.

원작에서도 이것 때문에 유저들이 욕을 해댔다. 무슨 게임을 이런 식으로 만드냐고.

하지만 지금까지 있었던 일을 떠올려 본다.

이 녀석, 정말…… 무적일까?

나는 패배 이벤트를 클리어했고, 불가능한 줄 알았던 용을 토벌했고, 검마배에서도 우승했다.

‘노블레스 오블리주’는 불합리한 게임이지만, 개발진의 집착 하나는 어마어마하다.

분명 숨겨진 클리어 방법이 있을 것이다.

내가 할 일은 하나.

그것을 찾아낼 때까지, 몇백 번이든, 몇천 번이든 이놈을 쓰러뜨리는 것이다.

"덤벼봐, 불사신 자식아. 몇 번이고 지옥으로 보내주마."

나는 다시 공격을 감행하려 했다.

그러자 악마는 등에서 박쥐 비슷한 생물을 소환했는데, 무려 수십 마리에 달했다. 저 생물은 언데드 몬스터처럼 재생하며 통각이 없다. 몸체는 작지만, 마력은 밖에 있는 어쭙잖은 마물보다 훨씬 많다.

게다가 이곳은 동굴이다. 이보다 골치 아픈 환경이 또 있을까.

"바이스 군, 나도 엄호할게."

"무리하지 마. 넌 한 번이라도 데몬의 공격을 맞으면 죽어."

오린은 고개를 끄덕였지만, 이건 거짓말이 아니라 사실이다.

하지만 데몬은 시간이 지나면 지날수록 강해진다.

원래 그런 설정이다.

불사신과의 궁합은 최고. 하여간에 개발진 녀석들, 최악이지만 재미있는 괴물을 만들어냈다니까.

"가히w그아아wf가으에w!"

"좀 알아들을 수 있는 언어로 말하라고."

데몬이 지시를 내렸는지, 박쥐들이 흩어지더니 우리를 덮쳤다.

체구가 작아서 정확히 겨냥하는 게 영 쉽지 않았다.

첫 번째와 두 번째 녀석의 공격은 피했지만, 세 번째 녀석의 이가 내 뺨을 스쳤다.

이 망할 언데드들이 골치 아픈 건 혈액의 응고를 막는 공격을 가지고 있다는 점이다.

아무리 작은 공격이라도 서서히 피해가 쌓인다. 개체에 따라서는 마력을 빼앗는 마물도 있다. 힐 라이트 & 다크 라이트로 마력을 다시 빼앗을 수는 있지만, 흘린 피는 어쩔 도리가 없다.

그때 데몬의 한쪽 팔이 무시무시한 검으로 변하기 시작했다.

내 마법검과 비슷하게 생긴 검.

이런 식으로 놈은 점점 진화한다.

아마 박쥐도 점점 더 늘어날 것이다.

하지만 분명 어딘가에 빈틈이 있을 거다. 나는 그것을 찾아내면 된다.

다시 박쥐들이 습격해 왔지만, 그 중 한 마리가 나를 보호하는 것처럼 방향을 틀었다.

몸이 빛나고 있다. 혹시——.

"오린, 설마 네가—— 사역한 거야?"

"일단은 한 마리지만. 이제 나도 싸울 수 있어."

"하하, 부탁 좀 하자."

이렇게 짧은 시간에 사역하다니, 역시 오린이다.

나는 박쥐를 둘로 베어 나갔다. 오린은 사역한 박쥐를 조종해서 몸을 통째로 적에게 부딪치거나 공격하면서 빈틈을 만들어 주었다.

몇 초 만에 모든 박쥐를 바닥에 떨어뜨린 후, 나는 데몬과의 거리를 좁혔다.

검으로 변한 악마의 오른팔이 비스듬하게 내려오는 것을 피한

순간, 오린이 사역한 박쥐가 온몸으로 데몬을 들이받았다.

데몬이 비틀거리는 순간을 놓치지 않고, 곧바로 일격을 가했다.

그 후에도 오린은 내가 원하는 순간마다 정확하게 엄호했다.

평소에 다른 사람을 잘 관찰하는 녀석이기에 가능한 일이리라.

"하, 너와 함께 싸우는 날이 오게 될 줄이야."

원작을 떠올렸다.

용의 등에 타고 싸우는 오린을 내 눈으로 직접 보고 싶다.

그러니 이런 곳에서 죽게 놔둘 수는 없다.

다시 데몬을 물리치고 부활하기 전까지 벽을 더듬거나 공격하면서 빠져나갈 길은 없는지 탐색했다. 몇 번이고 반복해서.

데몬은 죽어도 기억은 그대로 계승되는지, 놈은 격노하면서 점점 더 강해졌다.

얼마나 많은 시간이 지났는지 모르겠다. 데몬이 마물을 소환하면 오린이 사역으로 대응했지만, 도저히 끝이 보이지 않았다.

'힐 라이트 & 다크 라이트'가 없었다면 마력은 진작에 바닥났으리라.

얼마나 많이 죽였는지, 다 헤아리지도 못할 정도다.

바닥은 내가 죽인 마물의 사체로 가득했다.

"갸갸갹갸."

뒤이어 지면에서 소환된 것은 원작에서도 본 적 없는 이형의 마물이었다.

합성 마물일까. 구울과 스켈레톤의 요소를 모두 지녔다.

"하아, 하아……."

오린도 한계에 달한 모양이다. 체력보다 정신적으로 지치기 시작했다.

아무리 쓰러뜨려도 소용없다. 그 사실이 우리를 무겁게 짓눌렀다.

타임 랩스로 벽을 공격해 봤지만, 어디에서도 빈틈은 찾을 수 없었다.

"기기갸갸갸!"

"——별것도 아닌 놈이."

구울을 물리친 순간, 오린이 무언가를 깨닫고 신음을 흘렸다.

나는 굳이 말하지 않았다. 아아, 알고 있었구나.

"방금, 공간이 일그러졌어…… 이건 시공간?"

"조금 달라. 이곳은 저 녀석의 아공간이야. 그래서 시간이 일그러져 있지."

"그럴 수가……."

아공간은 특수한 영역이다. 내부에 있으면 시간과 공간이 일그러진다.

바깥 세계의 1초가 이곳에서는 1시간이 될 수도 있다.

아무리 기다려도 도우러 오는 사람은 없고, 죽을 때까지 영원히 싸우게 될 수도 있다.

"갸g쟈w가그가wgw."

구울과 함께 데몬이 공격했다.

몇 시간 전과 달리 검은 보다 예리해지고, 실력도 한층 더 늘어 있었다.

내 공격 패턴과 마법 타이밍에 완전히 적응한 모습이다.

몇 번이나 반복해서 공격해도 부활, 시간은 무제한, 마력은 죽을 때마다 다시 완전히 회복된다.

생각해, 생각하는 거야——.

——그래, 그거야.

있잖아.

단 하나의 수단이——.

"오린! 사역 마법을 가르쳐 줘!"

"어?! 갑자기?!"

"술식 말이야! 지금 익힐 거니까 빨리 대답해."

"지금?! 뭘 어쩌려고?!"

구울, 데몬과 싸우면서 머리를 최대한 굴린 답이다.

"이 녀석을 사역할 거야."

사실 오린도 이미 여러 번 시도했다. 결과는 보듯이 실패했지만.

상대의 레벨이 너무 높으면 애초에 사역이 불가능하다.

하지만 나는 다르다. 이 녀석과 같은 어둠의 마법을 다룰 수 있고, 마력도 오린보다 수십 배는 더 많다.

나라면 가능성이 있다.

"불가능해! 내가 처음 사역을 배웠을 때는 첫 번째 수순을 익히는 데만도 몇 년이나 걸렸단 말이야!"

“나도 알아! 하지만 살려면 그걸 해낼 수밖에 없어!”

말도 안 되는 얘기다. 사역은 절대 쉽지 않다.

그러나 그것 말고는 이제 방법이 없다.

나는 더 이상 약한 소리는 하지 않기로 마음먹었다.

재앙이 닥쳤을 때도 마족의 말에 충격을 받아 몸이 굳는 치태를 보였다.

앞으로는 절대 그러지 않을 것이다.

설령 죽더라도 희망을 붙잡은 채로 죽겠다.

내 각오가 전해졌는지, 오린이 외쳤다.

“사역은 상대의 특징을 파악해서 적절한 술식을 부여해야 해! 중요한 건 마력 제어하면서 상대의 마음을 이해하는 거야!”

“마음을 이해하라고?!”

귀찮아 죽겠지만, 어쩔 수 없지.

이런 게 가능하니 오린에게 테이머의 소질이 있는 것이다. 그 누구도 차별하지 않기 때문에 마물의 마음조차 이해할 수 있다.

원작의 주인공인 알렌조차 사역 마법은 습득하지 못했다. 그가 진심으로 마물을 증오하기 때문이다.

이것으로 모든 퍼즐이 맞춰졌다.

아무도 몰랐던 원작의 비밀을 알게 되자, 미소가 떠올랐다.

뭐, 그렇다고 난이도가 달라지는 건 아니지만.

“gyhj고아가t그아기아w.”

나는 검을 휘두르면서 이 녀석에 대해 생각했다.

지금 이 녀석의 감정은 뭘까? 이런 곳에 갇혀서 무슨 생각을 했을까?

……분노? 왜 태어났는지조차 알 수 없는 삶.

이 녀석은 어느 정도의 지혜가 있다.

분노는 당연한 감정이다.

……잠깐, 정말 그게 전부일까?

나라면 어땠을까.

"바이스 군, 술식은 내가 부여할게! 하지만――."

"나도 알아. 어차피 여력도 없어."

사역 마법이 어려운 이유는 기회를 두 번 주지 않기 때문이다.

'노블레스 오블리주'에는 사역에 한 번 실패하면, 그 마물은 두 번 다시 인간을 따르지 않는다. 즉 사역 자체가 불가능해진다.

그리고 나는 한 가지 의문을 품고 있었다.

마음을 이해한다? 어쩌면 가능할지도 모르겠다.

"데몬, 너도―― 나와 같은 거냐?"

"g7hjgp와kfggtw!"

놈은 비통한 표정으로 외치며 나를 힘껏 노려보았다.

신기하다. 방금 한 말을 알아들은 모양이다.

"오린, 다음에 내가 가까이 다가가면 이 녀석에게 술식을 부여해 줘!"

"아, 알았어!"

"아, 그리고 또, 비결을 가르쳐 줘. 어떻게 하면 돼?"

"공을 던질 때처럼 살——."

그 순간, 데몬이 다가왔다.

천재일우의 기회, 바로 지금이다.

오린의 말은 끝까지 듣지 못했지만, 확실히 이해했다.

코앞까지 다가왔기 때문에 아슬아슬하게 공격을 피했다. 귓가에서 바람이 스치는 소리가 울렸다.

바로 직후, 뒤에서 오린이 원격으로 술식을 날렸다.

탁월한 마법 술식이다. 에바 선배나 밀크 선생님도 이건 불가능하다.

"바이스 군, 지금이야!"

시간 내에 사역에 성공하지 못하면 두 번 다시 사역할 수 없다.

——반드시 성공하고 말겠어.

나는 오른손을 데몬의 이마에 살짝 올렸다.

살의가 아니다. 이 녀석의 마음을, 내 마음을 이해시키기 위해 설득했다.

안심해. 나는 네 마음을 잘 알아——.

"……g8j후아j와f."

데몬은 무시무시한 마력을 쏟아냈지만, 이내 움직임이 멎었다.

『악마, 데몬의 사역에 성공했습니다.』

그 순간, 머릿속에 반가운 음성이 들렸다. 사역이 성공했다는 뜻이다.

하하, 어이가 없지만, 아무래도 이 녀석의 감정을 이해하고 있었던 모양이다.

곧이어 문이 열리는 게 느껴졌다. 하하, 망할 노블레스 개발진 놈들.

역시 숨겨 두고 있었잖아. '죽음' 이외의 탈출 방법을.

"바이스 군, 대단해…… 데몬을 사역하다니…… 믿을 수 없어. 굉장해! 진짜 굉장해! 어떻게 한 거야?!"

"이 녀석은 나와 같았어."

"같다고? 무슨 말이야?"

오린의 질문에는 대답하지 않았다.

이 녀석은 무엇을 느끼고 있었나. 그것은—— 고독.

지금껏 홀로 이곳에 있었다. 분노가 아니다. 그저 외로웠다. 힘들었다. 슬펐다.

우리를 공격한 건 그 공허함 때문이었다.

내 상황과…… 비슷했다. 단 하나, 유일하게 다른 건 이 녀석에게는 동료가 없다는 점이다.

그 점을, 이해했다. 그나저나, 이 자식, 언제까지 이렇게 굳어 있을——.

그러자 데몬은 휘릭, 휘리릭, 하는 소리를 내더니 검은 연기에 휩싸였다.

뭐지, 뭐가 어떻게 된 거지——.

"데비비비비?"

"……뭐?"

다시 나타난 데몬은 데포르메 스타일의 모습으로 변해 있었다.

머리에는 두 개의 뿔, 등의 날개는 박쥐 같다. 눈은 동글동글한 노란색, 몸을 살짝 만져 보니 마치 인형처럼 부드러웠다. 뭐지, 이거…….

그러고 보니, 사역하면 외모가 변하는 경우가 있다는 얘기를 들어본 적이 있다.

"바이스 군의 데몬, 귀여워……."

"……어이, 데몬."

"데비비비비?"

사역된 상급 마물은 죽을 때까지 사역자와 함께한다고 들었다.

그렇다는 건…… 혹시 나, 평생 이 녀석과?

"데비?"

"……갸웃거리지 마."

다시 오린을 향해 고개를 돌렸다. 사역한 마물은 셀 수 없이 많지만, 마력은 아직도 다 소진되지 않았다. 원작보다 더 강해졌다. 생각해 보니, 우리 반으로 편입해 왔을 때부터 눈치채야 했다.

이 자식, 도대체 얼마나 노력한 거지? 하하, 재미있어.

"밖으로 나가자. 다시 갇히긴 싫으니까."

"알았어! 서두르자."

"아, 참, 그 여학생은 살아 있어?"

"계속 수면 마법에 걸려 있었던 것 같아. 음, 해제 마법은——."

오린이 영창하려고 하자 '데몬'이 종종걸음으로 다가가더니 여학생의 이마에 손가락을 올렸다. 그러자 여학생의 이마가 환하게 빛나기 시작했다.

영창 없이 해제하는 마법이다.

악마는 그런 재주도 있냐.

생각보다 유용할지도……?

"데비!"

성공했습니다! 라며 오른손으로 경례. 그런 건 또 어디서 배웠지? 성격도 변한 것 같은데?

그래도 이 녀석이 도움이 될지 어떨지는 좀 더 두고 봐야 할 것 같다.

서둘러 밖으로 나가려는데 동굴 가장자리가 빛나는 게 보였다.

왜 여태 몰랐을까. 웅크리고 살펴보자, 대량의 링이 나왔다.

대충 20개는 됐다. 타임 랩스로 술식을 분석하니 추적 마법이 부여되어 있었다.

그래, 마력에 반응하도록 해놨다는 거군. 역시 선생님들은 다르다.

그만큼 데몬이 강했다는 증거이기도 하지만.

"우와, 굉장해, 축하해!"

그리고 오린은 링을 발견한 나를 보고 기뻐하며 미소 지었다.

이 자식은 욕심도 없나?

"절반은 네 거야."

"어?! 그래도 돼?!"

“당연하지.”

아무리 그래도 남의 공적까지 탐내진 않는다.

데몬을 사역할 수 있었던 것은 이 녀석 덕분이다.

시험 종료까지 남은 시간도 얼마 되지 않았다.

그런데 오린은 내가 건넨 링을 가만히 보고 있기만 했다.

“왜 그래?”

“다른 사람에게도 나눠 줄까, 해서……. 그러면 퇴학을 줄일 수 있잖아.”

하아…… 멍청한 자식.

더없이 이 녀석다운 생각이지만.

“왜 그렇게 하는데? 모두의 사랑을 받고 싶어서 그래?”

“아니. 내가 이렇게까지 강해질 수 있었던 건, 그럴 시간이 있었기 때문이야. 그러니까 다른 사람들도 시간이 있으면 강해질 수 있을 거야. 나는 그걸 도와주고 싶어.”

틀린 말은 아니다. 사실 재앙을 극복하면서 다들 원작보다 훨씬 더 강해졌다. 그래도 그런 것까지 도와주고 싶다니, 알렌도 그런 생각은 하지 않을 것이다.

뭐, 이미 준 거니 어떻게 사용하든 오린 마음이지만.

내가 왈가왈부할 권리는 없다.

“네 마음대로 해.”

“다행이다. ……있지, 바이스 군. 내가 사역하는 방법을 가르쳐 줬잖아?”

"그런데?"

"그걸 봐서 부탁 하나 들어줘."

"뭔데?"

"그, 세실 씨 말인데……."

"……?"

"자, 받아──. 한 개만 줄게."

"신난다아아아! 오린, 진짜 고마워!"

"자, 다음 사람──."

"으아아아, 살았다……."

동굴 앞, 오린은 환한 미소를 지으며 퇴학 위기에 놓인 놈들에게 반지를 하나씩 나눠주고 있었다.

오린은 내게 세실을 찾아달라고 부탁했다.

"이러려고 나더러 링이 없는 애들을 불러달라고 한 거야? 판센트, 너답지 않은 거 알지?"

"내가 바란 게 아니야. 오린에게 빚진 걸 갚은 거지."

오린은 세실을 통해 링이 하나도 없는 애들 불러 모은 후, 내 다크 아이를 이용하여 사실을 검증했다. 링에 마력이 부여되어 있으니, 나는 보기만 해도 알 수 있다. 참으로 효율적인 일처리였다. 이것도 사역에 유능한 것과 연관이 있는 걸까.

하지만 이렇게 그와 우호를 쌓는 것도 나쁘지 않다.

데몬을 다루려면 결국은 오린의 도움을 받아야 할 테니까. 장

기적으로 생각하면 이 정도는 충분히 감수할 만한 대가였다.

"그나저나 뭐 하나 물어봐도 돼?"

"얼마든지."

"저기…… 그 귀여운 마물은 뭐야?"

"데비~?"

"이 녀석? 데몬이야."

"데몬? 얘가?"

세실이 손가락으로 콕 찌르자, 데몬은 기뻐서 어쩔 줄 몰라 했다.

이 녀석이 수컷인지 암컷인지는 모르겠지만, 붙임성은 좋은 것 같다.

"자, 이게 마지막이야."

"오린, 진짜 고마워! 덕분에 살았어……."

『제한 시간, 제한 시간. 카운트다운, 5, 4, 3——.』

링을 다 나눠주고 나자, 마법새의 방송이 흐르기 시작했다.

결국 오린의 수중에 남은 링은 하나였다. 그래도 본인은 만족하는 것 같지만.

욕심이 없기에 마물의 마음을 잘 이해할 수 있는 건지도 모른다. 어쩌면 이것이야말로 다른 누구도 흉내 낼 수 없는 그의 타고난 자질일 것이다.

"에헤헤, 재미있었어."

조금 전까지 생사의 갈림길에 있다가 왔다는 게 믿기지 않을 만큼 둔한 신경.

하앗, 너도 이제 노블레스 마법 학원의 학생이 다 됐구나.

원래 장소로 돌아오니 만신창이가 된 학생들이 축 늘어져 걷고
있었다.

"하아── 진짜 죽는 줄 알았네. 옷이 넝마가 다 됐어."

"지금까지 한 것 중에 제일 힘들었어…… 피곤해 죽겠어, 듀
크……."

"어머, 그래? 난 재미있었는데. 덫을 놓으면서 링을 찾기만 하
면 됐거든."

알렌과 듀크는 꽤 고전했는지 목소리에 힘이 하나도 없었다.

반대로 샤리는 기운이 남아도는 것 같았다. 정령의 힘 덕분에
어둠 속에서도 시야는 밝았을 것이다.

그리고 신티아와 릴리스도 보였다. 두 사람 다 훈련복은 여전
히 깨끗했다.

"바이스, 어땠어요?"

"바이스 님, 수고 많으셨어요!"

"그럭저럭 괜찮았어. 이런저런 일이 있긴 했지만."

"데비비비?"

"어라…… 이 마물은 뭐예요?"

"……나중에 설명할게."

이 자식, 계속 내 옆에 붙어 있는 건 아니겠지?

어디 다른 곳에 넣어 둘 수는 없나?

“저 마물 좀 봐…… 귀엽지 않아?”

“쉿, 그러다 바이스에게 죽을지도 몰라.”

“그래도 엄청난 마력이 느껴지는데?”

그때 구원자가 나타났다. 밀크 선생님이 앞으로 나와 외친 것이다.

“일단 다들 수고 많았다. 놀랍게도 링을 찾지 못한 사람은 한 명도 없었다. 물론 퇴학자도 없고. 당연히 퇴학자가 나올 줄 알았는데, 아주 잘했어.”

학생들 사이에서 환호성이 일었다. 밀크 선생님이라면 오린이 한 짓이라는 걸 이미 파악했겠지. 그리고 나와 세실이 그 일을 도왔다는 것도. 뭐, 그걸 가지고 나무라진 않겠지만.

학생들 대부분이 진심으로 기뻐하는 것 같았다. 평소 같았으면 퇴학자에게 싸늘한 시선을 던지는 사람도 있었을 것이다. 이게 다 이번 수학여행을 통해 더 친해졌기 때문이 아닐까.

노블레스 마법 학원에서는 진정한 유대감을 쌓기 위해 이 시스템을 채택하고 있다.

물론 구심력도 중요하다. 그런 점에서 보면 오린은 꽤 탁월한지도 모른다.

“따라서 포인트 집계는 나중에 하겠다. 조금 늦었지만, 저녁을 준비했다. 내일은 정오까지 푹 자도 돼.”

채찍 다음엔 당근이다. 노블레스 마법 학원의 좋은 점이기도 하다.

"신난다아아아아아."

"최고야아아아."

"난 벌써 졸려…….

이번 시험은 내게도 굉장히 유익한 경험이었다. 사역 기술은 마왕 토벌에 도움이 될 것이다. 또 하나 시나리오를 박살 내게 되었지만, 파멸을 피할 가능성은 한층 더 커졌다.

그때 오린이 나를 향해 얼굴 가득 미소를 짓고 있는 게 보였다.

"바이스 군, 퇴학자가 한 명도 없대! 잘 됐지?"

아니, 난 어떻게 되든 상관없는데…….

그때 신티아가 냉큼 우리 사이에 끼어들었다.

"빨리 가서 저녁 먹어야죠. 바이스, 한눈팔면 안 돼요."

"아, 어어."

그래도 끝이 좋으면 다 좋은 것.

내일 일정은 추코 마을 시내 관광이다.

수학여행이라도 하급생의 경우는 1박 2일밖에 되지 않았다.

처음엔 너무 짧다고 생각했지만, 그만큼 내용이 아주 알찼다.

밥을 먹고 나면 오랜만에 나태함을 만끽해 볼까.

"데비비비?"

어이…… 이 녀석, 잠은 자는 거겠지?

◇

"바이스, 너무 잘 어울려요."

"……그래?"

"모자, 굉장히 멋져요! 그거 사도록 해요! 종류별로 전부요!"

전신거울에 비친 내 머리에는 뭐라 형용하기 어려운, 우스꽝스러운 모자가 올려져 있었다.

그야 내가 직접 쓴 건 맞는데……. 화려한 색과 장식 때문에 민속적인 감성이 물씬 풍긴다.

추코에서 인기 있는 제품이라고 했다. 우리 하급생들은 오늘이 마지막 날이라서 다들 쇼핑을 나온 참이었다.

줄곧 내 옆에 둥둥 떠 있던 데몬은 이제 안 보인다.

오린의 말에 따르면 사역자의 마력이 강해서 생각하는 게 일치할 때만 마력 속에 숨을 수 있다고 했다.

방법은 간단했다. 자고 있어, 라고 지시하면 된다.

그러자 사역에 성공했을 때처럼 검은 연기에 휩싸여 사라졌다.

어디로 가는 건지는 모르겠으나, 나오라고 하면 눈을 비비며 나오니 아마 잘 자고 있을 것이다.

참고로 이름은 '데비'로 결정했다. 릴리스의 작명이다. 하지만 정작 본인은 데비짱이라고 부른다.

얼마나 많은 양의 마력을 사용할 수 있는지, 명령은 어디까지 듣는지는 차차 조사해야 한다.

어쩌면 전투 방식이 완전히 달라질지도 모른다. 수고가 늘어나지만 기쁜 오산이다.

나도 신경이나 마력의 소모가 많아졌지만, 그만큼 강해졌다.

일단 밀크 선생님에게 말했더니 "사역 마법은 내 전문이 아니다. 오린이 시키는 대로 해"라고 했다.

모르는 분야에는 관심이 없는 사람인 건 알고 있었지만……. 참 취향 하나는 확고한 사람이다.

그리고——.

"앗, 그래도 돼?"

"당연하지. 자, 이것도."

"야, 새치기하지 마!"

"오린, 이것도 줄게."

링을 분배한 공덕으로 오린은 모두의 인기인이 되었다.

남자 녀석들의 얼굴이 헤벌쭉한 것을 봐선 다른 의도도 섞인 듯싶지만.

뭐, 그래도 잘됐다.

적어도 나는 오린이 싫지 않다. 전력으로도 쓰기에도 우수하다.

부디 저 녀석이 계속 열심히 했으면 좋겠다.

——찌릿.

그때 기묘한 시선이 느껴졌다.

너무 놀라서 반사적으로 뒤를 돌아보니, 신티아가 나를 의미심장하게 보고 있었다.

"……무슨 일 있어?"

"아뇨. 다만 계속 오린 씨를 신경 쓰는 것 같아서요."

"그, 그런 거 아니야."

"그래요? 뭐, 어느 쪽이라도 괜찮아요. 바이스가 먹고 싶다면 말리지는 않을게요."

신티아가 아무리 관대한 편이라지만, 이 대사는 조금 이상하지 않나?

나까지 덩달아 오린에게 시선을 주자 그걸 본 오린이 미소를 지었다.

그것을 본 신티아, 그리고 릴리스가 실눈을 뜨고 나를 쏘아본다.

"바이스 님은 올라운더셨군요."

"릴리스, 그런 말은 어디서 배웠어?"

"뭐, 어때요. 솔직하게 말하면 되잖아요."

……아아, 바이스! 나 좀 도와줘!

"여어, 바이스, 그 모자, 잘 어울리네!"

마침 좋은 때 듀크가 나타났다.

쓰고 있던 모자를 즉시 건네주면서 너한테 잘 어울릴 것 같다고 했다.

어떻게든 화제를 돌려야 했다.

"진짜?! 나도 살까……."

"괜찮을 것 같아."

"바이스가 그렇게 칭찬한다면…… 안 살 수 없지?!"

큰 목소리는 이럴 때 참 좋다. 신티아와 릴리스도 못 말리겠다는 얼굴로 그 이야기는 더 이상 언급하지 않았다.

잘했다. 지방질에서 미네랄로 승격시켜 주마.

촉촉해져라!

"알렌, 바이스가 이게 괜찮을 것 같대! 너도 안 살래?"

"오, 괜찮네. 안 그래도 모자가 없었는데."

"그럼, 나도 살까. 기념도 할 겸."

생각보다 반응이 좋아서 알렌과 샤리까지 가세했다.

왠지 내가 너무 기대하는 것 같잖아.

크흑…… 이건 또 생각지 못한 오산이다.

"기념으로 모두 똑같은 걸로 사는 건 어떨까?"

이어지는 샤리의 한마디에 릴리스가 오른손을 들었다.

"저도 찬성이에요! 그쵸, 신티아 님, 바이스 님!"

"후후, 좋아요. 바이스는 역시 검은색이 잘 어울릴 것 같아요."

"굳이 고르자면 그렇긴 한데……."

듀크에게 한 말도 있고 하니 거절할 수도 없었다.

"세실 씨! 카르타 씨!"

그리고 릴리스는 조금 떨어진 곳에 있던 두 사람도 불렀다.

릴리스는 모두와 차별 없이 잘 얘기하고 친화력도 좋다.

메이드 일을 하면서 익힌 말투와 밝은 모습에서도 정중함이 묻어난다.

결국 각자 잘 어울리는 모자를 사기로 했다.

샤리가 마지막에 나를 보고 히죽거리는 걸 보니 아마 내가 싫어하는 걸 눈치챈 것 같다.

이 녀석, 일부러 저러는 건가…….

그 후, 선생님들의 인솔에 따라 해산물을 듬뿍 넣은 파아리야란 음식을 점심으로 먹었다.

채소를 듬뿍 넣고 어패류와 고기를 쌀과 함께 볶아 조린 요리다.

밀크 선생님과 다리우스는 몇 그릇이나 더 먹었는데, 서로 지지 않으려는 모습이 마치 친남매 같아서 조금 웃겼다.

그리고 무엇보다 놀라운 일이 있었다. 클로에가 평소보다 다정했다는 거다.

학생들에게 "즐거웠어요?"라고 말을 걸거나 지친 사람에겐 "수분을 섭취하도록 하세요"라며 미소까지 지었다.

자꾸 잊을 것 같지만, 우리는 학원생이다.

이번 수학여행은 우리의 본분이 학생임을 가르쳐 준 소중한 이벤트였다.

나는 파멸을 회피하기 위해 살고 있지만, 원래는 원작을 좋아했던 평범한 남자다.

원래 세계에서는 누리지 못했던 나날이기에 가슴속 깊이 새겨 놓았다.

마지막에 또 바다에서 노는 시간이 마련되어 있었다.

나는 여러 의미에서 배가 불렀기 때문에 물놀이는 별로 내키지 않았지만, 그늘에 앉아서 원작에서 익히 봐온 멤버들이 즐겁게 놀고 있는 모습을 보는 건…… 솔직히 즐거웠다.

날이 갈수록 추억의 깊이가 더해진다.

원작을 생각하면 앞으로 더 가혹한 이야기가 펼쳐질 것이다.

만약 누군가 죽는다면 내 심정은 어떨까?

불안과 초조, 조급함일까. 마족에 관해서도, 요즘 들어 많은 생각이 든다.

……그런데 신기하게도 전혀 의기소침해지지 않았다.

굳이 따지자면 의욕이 넘쳐흘렀다.

완전 제패, 그것이 내 목표다.

"바이스 군."

해변에 앉아 있는데 오린이 말을 걸었다.

머리 위의 피핀이…… 조금 커진 것 같은데?

"그 녀석, 좀 커진 것 같다?"

"에헤헤, 실은 마력량이 늘어난 것 같아."

"호오, 그런 것도 관계가 있구나."

"꼭 그런 건 아니고, 개체에 따라 달라. ——그보다 고마워."

"뭐가?"

"바이스 군이 없었으면 분명…… 난 거기서 죽었을 거야."

"신경 쓰지 마. 네가 얼마나 도움이 되는데. 정 그러면 나중에 갚던가."

"후후후, 언제든, 무슨 일이든 내가 필요하면 말만 해."

바닷바람에 오린의 머리카락이 살짝 흩날렸다.

"그러고 보니, 데몬은 어때?"

"글쎄? ——'데비'"

다음 순간, 검은 연기와 함께 퐁 하고 데비가 나타났다.

역시 상당히 귀엽게 변형된 데몬이다.

"데비?"

머리에는 머리카락이 흘러내리지 않게 수건까지 감았다. 이 자식, 인간미까지 있네.

"얘가 무슨 생각을 하는지 나는 여전히 모르겠다."

"시간이 흐르면 알 수 있을 거야. 나랑 피핀도 그랬거든. 모르는 게 있으면 언제든 물어봐. 테이머 동료가 생겨서 너무 기쁘거든!"

"그럼, 돌아가면 데비가 어디까지 내 명령을 듣는지 알아보게 좀 도와줘. 불사신의 능력을 이어받았는지 아닌지, 여러 번 죽여 보고 싶거든."

"데비비비비?!"

내 말을 알아들었는지, 데비가 겁에 질린 소리를 냈다.

"바이스 군, 가차 없구나……."

"오냐오냐하는 건 성미가 아니라서."

배를 탈 시간이 가까워지면서 집합 시간도 다가왔다.

"아, 가야겠다!"

"——오린."

자리에서 일어나자 오린에게 모자를 씌웠다.

"어? 이건 뭐야? 모자?"

"사역 마법에 대한 답례야. 겸사겸사."

"어, 고마워. 그런데 왜…… 분홍색을?"

"**낭자**애답고 좋잖아."

"그, 그래? **남자**답다면 나야 좋지만. 에헤헤."

이제 곧 여름도 끝. '노블레스 오블리주'에는 사계절이 있다.

가을을 지나 겨울, 봄이 되면 중급생이다.

그때까지 만나고 싶은 상급생도 있지만, 일단은 돌아가면 특훈부터 해야겠다.

"데비비비?"

"일단 내 공격을 얼마나 버틸 수 있는지 알아볼까?"

"데, 데비——?!"

수학여행이 끝나고 노블레스 마법 학원으로 돌아왔다.

아침에 방에서 눈을 뜨니 여느 때와 같은 일상――.

"데비비!"

――과는 조금 다르다. 칠흑의 자그마한 데몬이 등의 날개를 파닥거리며 컵에 물을 따라 들고 왔다.

"……맛있네."

단순한 물을 커피처럼 맛있게 타는 비법이 있는 걸까. 아니면 마력이라도 불어 넣은 걸까.

시선을 주니 데비는 마치 칭찬이라도 받고 싶은 것처럼 가만히 올려다보고 있었다.

당연히 주위에는 아무도 없다.

"……내가 진짜."

머리를 쓰다듬자, 인형 같은 감촉이 느껴진다.

뺨을 붉히며 '데비비' 하고 미소 지었다.

이 자식, 진짜 불사신 악마가 맞나? 소형견처럼 꼬리까지 흔들고 있다.

데비는 내 명령에 따르긴 하지만, 지금은 그냥 마음대로 행동하게 놔두었다.

이건 오린에게 배운 것이다.

평소에도 소환 상태를 유지하면 적응하면서 전투 시 마력 효율도 좋아진다고 한다.

'아무리 바이스 군이라도 습득하는 데 반년은 걸릴 거야——.'
'데비, 알아서 움직여.'
'데비!'
'어? 정말 알아서 하네……?'

물론 이 명령은 만능이 아니다. 저 녀석이 뭘 하든 내 마력은 빠져나가고, 충성도가 낮으면 시킨 것도 안 한다. 그래서 이렇게 칭찬해 주는 게 중요하다는 게 오린의 얘기였다.

그렇지만 데비를 향한 애정은 파멸을 회피하기 위한 것이지, 그 이상의 감정은 없다.

"데비?"

그러더니 내 옆에 앉아서 고롱고롱, 야옹, 하고 뒹굴거렸다.

부드러운 감촉. 마치 고양이와 같았다.

"……훗."

뭐, 난방기구로서도 우수하네.

지금은 다들 휴식을 취하고 있을 것이다.

하지만 내겐 그럴 여유가 없다.

쓰담쓰담.

데비를 데리고 시가지 B를 지나면 나오는 마의 동굴로 향했다.

입구에는 특수한 결계가 있고, 안에는 밖으로 나오지 못하는 마물들이 우글대고 있다. 보통은 시험에 이용하는 곳이다.

하지만 노블레스 마법 학원의 학생은 허가만 받으면 들어갈 수 있다. 물론 목숨은 보장하지 않지만.

이마저도 보통은 4명 이상 있어야 허가가 나오는데, 역시 노블레스 마법 학원. 융통성이 있다. 내가 죽어도 시설 관리측은 책임지지 않는다는 거추장스러운 서류에 사인을 하면 혼자도 들어갈 수 있다.

"데비, 여기서부터는 노는 게 아니야. 목숨을 걸고 싸우는 거야. 알겠지?"

"데비비!"

참고로 이 녀석은 역시 불사신이었다. 단 무한은 아니다. 아마 내 마력과도 관계가 있는 것 같다.

동굴로 들어가자, 이 세계에서는 친숙한 존재인 골렘이 모습을 드러냈다.

이 녀석은 겨울철 곰과 비슷하다. 배가 고프면 성질이 아주 포악해진다. 그리고 마침 지금이 그럴 때였다.

쿵쿵, 땅을 울리며 걸어온다.

"그아아아아아아아!"

다른 마물에 비하면 느리지만, 그만큼 내성이 뛰어나다.

마법이 잘 안 듣는 경우가 종종 있긴 한데, 그렇다고 근거리에서 싸우려고 했다간 호된 꼴을 당한다.

무시무시한 괴력을 가지고 있기 때문에 일단 잡히면 사지가 찢겨나가는 건 일도 아니다.

게다가 한 마리, 한 마리, 해치우려면 시간이 걸리기 때문에 녀석이 동료라도 불렀다간 골치 아파진다.

사방에서 돌덩이처럼 단단한 마물이 천천히 밀려드는 건 정신적으로도 부담이 상당했다.

그렇지만 내겐 전혀 문제가 되지 않았다.

첫 번째 녀석, 마법검을 휘둘러 단단한 바위를 둘로 쪼갰다.

이건 본보기로 보여주는 것이다. 데비는 그 모습을 가만히 보고 있었다.

뒤이어 나타난 두 번째 녀석은 데비가 어떻게 처리하는지 보려고 뒤에서 대기했다.

아무리 복슬복슬하고 힐링 효과가 있더라도 시답잖은 모습을 보이면 두 번 다시 소환할 생각이 없다.

"데비비——!"

그러자 데비는 두 손을 높이 들어 어둠의 마력포를 쏘았다.

골렘은 마법 내성이 강하다. 아직 그런 기본도 모르는 건가.

이래서는 하나하나 가르치는 수밖에——.

"——가우우아아아아아아아우……."

골렘은 흔적도 없이 사라졌다.

이럴 수가?

"데비!"

그러더니 나를 향해 엄지를 척.

얄밉게 웃는 모습이 누구를 닮은 것 같은데? 어쨌든 제법이군.

이번에는 골렘 두 마리가 안쪽에서 달려왔다. 마물은 '분노'라는 고유 스킬이 있어서, 동료가 죽으면 일정 확률로 스테이터스가 상승한다.

분노 상태인 골렘은 가까이 오더니 빨간 눈을 번득이며 데비를 향해 거대한 팔을 붕 휘둘렀다.

이 정도면 아무리 데비라도 쉽지──.

"데비비──♪"

"그가아가가아아아!"

그런데 이 녀석은 콧노래까지 흥얼거리며 공격을 피했다.

마물에게도 감정은 있다. 골렘은 자기를 부추기고 있다는 것을 알아챘다.

골렘이 더더욱 분노해서 공격했다. 데비는 일부러 그랬는지, 갑자기 오른팔을 검으로 변신시켰다.

귀엽게 변한 모습 때문에 단검처럼 보이지만, 검 끝에는 어둠의 마법이 부여되어 있다는 것을 알 수 있었다.

……왠지 내 무기랑 비슷한데.

공격을 피하자마자 골렘의 팔다리를 잘라냈다. 엄청난 위력과 속도다.

모든 게 끝나자, 데비는 사람처럼 이마의 땀을 닦는 시늉을 했다. 이 자식, 땀도 안 났으면서.

그러더니 기쁘게 파닥파닥. 내 품으로 돌격해 와서 응석 부리는 표정으로 올려다봤다.

"데비데비빗."

"……그래, 그래."

"데비!"

마물은 사역자의 성격에 영향을 받거나 이쁨을 받기 위해 행동한다고 오린에게 들었다. 하지만 나는 데비를 귀엽다고 생각──.

"데빗!"

데비는 내 어깨에 오도카니 앉았다.

하지만 제 딴엔 무게가 느껴지지 않도록 신경을 쓰는 건지, 날개를 작게 파닥거리고 있었다.

이 자식…… 혹시…….

"……너, 귀엽──."

아니, 잠깐. 나는 그런 말을 하면 안 돼. 그건 바이스가 아니야!

……이 자식, 내 캐릭터를 흔들다니.

더 안으로 들어가자, 아까보다 더 큰 골렘이 나타났다.

데비의 전투 능력은 대충 다 알았지만, 아직 손발을 맞춰보지는 않았다.

놈이 아마 이곳의 보스일 것이다.

마물은 동족끼리 서로 잡아먹으면 더 강한 개체가 될 수 있다. 그런 녀석들은 오래 방치하면 자신의 세력권 밖으로 나와 공격하고 다니기도 한다.

“데비, 내가 움직이기 편하도록 보조해.”

내 말을 이해했는지 못 했는지, 데비는 상공을 향해 파닥파닥 날아갔다.

물론 비행에도 마력이 소비된다.

그러니—— 그 이상의 성과를 보여 봐.

“가우우우!”

골렘의 공격 패턴은 많지 않다. 힘으로 팔을 휘두를 공격뿐이다.

하지만 보스들은 다르다. 녀석은 방어 마법을 더 외웠다. 어중간한 건 통하지도 않으리라.

“그렇다면 이건 어때?”

시험 삼아 검으로 베어 봤지만, 표면이 조금 깎여나갈 뿐이었다.

조금 더 마력을 모아야겠다.

나태함에 안주하고 있었다면 맛보지 못했을 감각이다.

“데비빗!”

내가 골렘의 공격을 피하려는 그때, 데비가 공중에 검은 벽을 불러냈다.

언내추럴과 비슷한 마법이었다.

골렘의 팔이 그 벽에 닿자, 어둠이 휘감기며 그 움직임을 가로막았다.

마치 떡처럼 찰싹 달라붙는 느낌이었다.

놈은 삐걱거리는 소리를 내면서 깨부수려 했지만——.

“제법인데?”

몇 초면 충분하다.

마력을 풀어내서 검에 마력을 끌어모은 후 골렘을 두 동강 냈다.

굉음과 함께 바닥에 쓰러지는 골렘.

이 동굴은 어차피 시험 이외에는 거의 안 쓰니, 다소 소란스러워도 괜찮다. 원래는 상급생의 중간 테스트였다던가? 뭐, 됐다.

"데비비──!"

날개를 파닥파닥, 꼬리를 흔들흔들. 어리광쟁이가 따로 없군.

하지만 오린의 말에 따르면 꾸준히 칭찬하며 키워야 한다고 했다. 귀찮지만 머리를 쓰다듬어줬다.

그게 좋았는지, 내 가슴팍에 머리를 대고 비벼댔다.

"핫, 의외로 귀엽──."

"이런, 하급생 중에서 선두를 독주. 나아가 재앙을 물리친 바이스 판센트에게도 이렇게 귀여운 면이 있을 줄이야."

그때 뒤에서 여자의 목소리가 들렸다.

낯익고 느릿느릿한 목소리.

황급히 뒤를 돌아보니, 왜 기척조차 느끼지 못했는지 바로 알 수 있었다.

은발의 생머리. 아름다운 우윳빛 피부, 서양 인형을 연상시키는 단정한 이목구비, 모든 것을 꿰뚫어 보는 듯한 길게 찢어진 눈.

에바 에이버리가 바위 위에서 담요를 두른 채 누워 있었다.

손에는 과일, 마치 별장에 온 듯한 모습이었다.

"이런 곳에서…… 뭐 하고 계세요?"

"낮잠 잤지. 보면 몰라?"

안다. 그게 이상하니까 물어본 거다.

이곳은 골렘이 우글거리는 마물의 서식지다. 그런 곳에서 낮잠? 그녀만큼 강하면 그런 짓조차 할 수 있는 건가?

실제로, 인간을 보면 일단 공격부터 했을 마물들이건만, 그녀 주변엔 공격 흔적조차 없다. 그냥 놔두고 있었다는 거다. 본능적으로 느낀 것이다. 건드릴 대상이 아니라는 걸. 소름 끼치네.

"방에서 편하게 자면 되잖아요."

"여기가 시원해서 기분이 좋거든. 골렘의 목소리에는 수면 부족에 아주 좋아. 아, 이건 내 지론이야."

"방금 다 쓰러트렸는데요."

"어차피 또 나타날 거니까 상관없어. 그나저나 참 잘 따르네, 데비."

"——데비빗?!"

에바의 날카로운 안광에 겁을 먹었는지, 데비가 재빨리 내 뒤로 숨었다.

왜 벌써 이름까지 알고 있지? 하급생 말고는 아직 아무에게도 말하지 않았는데.

"그런 거 아니에요. 그럼, 방해가 되지 않도록 돌아가겠습니다."

"괜찮아. 마침 아까 막 깨어났거든."

끄응 하고 기지개를 켜며 일어나자, 균형 잡힌 몸이 눈에 들어왔다.

최강은 몸매도 최강이었다.

"나랑 몸풀기 운동 할래?"

"무슨 말이죠?"

"다 알면서 그런다."

그러면서 에바는 손가락을 탁 튕겼다.

그 순간, 에바의 대각선 뒤에 전이 공간이 나타났다. 그곳에서 무려 어린 흑룡이 머리를 내밀었다.

아니, 이런 걸 기르고 있었어?

아직 어리지만 어마어마한 마력을 발하고 있었다.

"가르르?"

"이것으로 딱 2:2네."

최강의 여신과 겨룰 기회라니, 더 바랄 게 없다.

마력을 끌어올리며 대답했다.

어린 흑룡이 움직이자, 데비도 반응했다── 그 직후, 천장의 바위가 무너져 내렸다.

"이런, 네가 물리친 골렘이 이 부근의 벽을 지탱하고 있었나 봐."

"예……? 그러면 어떻게 되는 거죠?"

"우리가 생매장되겠지?"

그건 곤란하다. 서둘러 도망치려 하자 데비가 내 목덜미를 잡고 파닥파닥 날았다.

이 자식, 뭐 하는 거야……라고 생각했더니, 설마 부상?

"데비비──!"

“──그래, 부탁 좀 하자.”

“그럼, 먼저 갈게.”

에바는 어린 흑룡의 위에 서서 우리 옆을 지나 동굴 안을 날아갔다.

몸도 작은 녀석이 마력은 엄청나군. 아니, 그건 이쪽도 마찬가지다.

데비와 내 비행 마법을 합쳐서 완전히 무너지기 전에 탈출했다.

동굴의 입구는 이제 두 번 다시 들어가지 못할 정도로 완전히 막혔다.

이건 나도 식은땀이 흘렀다.

대형 사고다. 이번에는 틀림없이 한 소리 듣게 생겼다.

“괜찮아. 나도 몇 번 무너뜨렸는데, 얼마 지나면 알아서 복구돼.”

“그게 어느 정도죠?”

“한 반년?”

망했다. 꽤 야단맞겠는데.

“데비…….”

데비가 피곤해 보여서, 돌아가, 라고 지시했다.

그러자 퐁 하고 검은 연기와 함께 사라졌다.

어둠의 차원에서 새근새근 잘 자거라. 자세한 건 모르지만.

“죄송합니다. 승부는 다음 기회에 하시죠.”

“어쩔 수 없지. 즐거움은 마지막까지 아껴두는 타입이거든.”

혀로 입 주위를 날름 핥으며 요염한 분위기를 풍긴다.

하지만 그것도 잠시, 다음 순간, 마력포를 발사했다.

재빨리 배리어를 발동해서 무사히 넘겼다.

"그래도 같이 놀 수는 있잖아?"

"──바라던 바입니다."

그다음부터는 즐거운 시간이었다.

전부 잊고 싸움에 몰두했다.

결론부터 말하면 애당초 승부는 성립되지 않았다.

에바는 마치 학생을 지도하는 것처럼 체술과 마법을 구사해서 나를 단련해 주었다.

핫, 나도 아직 한참 멀었군.

정신을 차리고 보니 날이 저물려 하고 있었다.

마의 숲을 지나 돌아갈 수도 있지만, 이 체력으로는 아무리 나라도 위험한가.

"후후후, 오랜만에 즐거웠어. 역시 넌 특별해."

"실력을 보이지 않으신 것 치고는 후한 평가네요."

"어머, 난 언제나 최선을 다하는 사람이야. 진심으로 즐기는 거지."

정말 신기한 사람이지만, 이런 사람에게도 유소년기가 있었다고 생각하니 궁금해졌다.

밀크 선생님도 그렇고, 이런 자들은 태어날 때부터 이런 사람들이었던 게 아닌가 싶은 의혹이 있다. 물론 생물이 그럴 리는 없겠지만.

"저는 여기서 하룻밤을 보내고 돌아갈게요. 에바 선배는——."

"뭐야, 이렇게나 즐거웠으니 조금만 더 여운에 잠겨 있는 것도 괜찮잖아."

그러더니 뜬금없이—— 옷을 벗기 시작했다.

얼른 눈을 돌리자 곧이어 물소리가 났다.

"하아, 시원하다. 너도 땀 흘리지 않았어?"

물가까지는 또 언제 이동했지?

하여간에 대담한 여신이라니까.

"저는 하루 정도는 안 씻어도 괜찮—— 아앗?!"

몸이 붕 떠오른다.

이건 비행 마법?! 그걸 원격으로?!

나는 그대로 해변까지 날아가서 그대로 바다에 떨어졌다.

"우후후, 물오른 남자가 멋지다는 말이 맞았네."

"……갈아입을 옷, 안 가져왔는데요."

"나중에 마법으로 말려줄게."

에바라면 그런 재주도 가능하겠지만, 그렇다고 이건 처사는 너무 하지 않나.

당장 불만을 토로하려고 했더니, 에바는 평소와 달리 허무한 표정으로 다가와 내 뺨을 가만히 만졌다. 평소와 다르다. 표정이, 슬프다.

"정말…… 많이 닮았어. 올곧은 면이 특히."

“……누구랑요?”

에바는 지금까지 한 번도 본 적 없는, 깜짝 놀란 얼굴로 입을 막았다.

마치 말이 잘못 나오기라도 한 것처럼.

이후로 에바는 아무 말도 하지 않았다.

그래도 약속한 대로 바람과 불의 마법으로 내 옷을 말려주었다.

잠깐…… 너무 뜨거운데요? 그리고 갑자기 사라지나 했더니, 어디서 잡았는지, 피까지 다 빼낸 사슴을 가지고 왔다. 그런 다음 모닥불까지 피워서 요리를 해줬다.

“평소에도 이러고 지내요?”

“바다, 산, 강 가릴 것 없이, 재미있을 것 같은 곳은 어디든 다니고 있지.”

드디어 입을 여나 했더니 평소와 똑같았다.

하지만 사슴고기는 이 세상 것이 맞나 싶을 정도로 맛있었다.

“이제 가르쳐 주세요.”

“뭘?”

“아까 나와 비슷하다고 생각한 사람이 누구예요?”

평소라면 이런 질문은 하지 않는다. 누구에게든 친구는 있고 추억도 있는 법이니까.

하지만 원작을 아는 나조차 에바에 대해서는 아는 게 없었다.

과거를 캐묻는다고 가르쳐 줄 리는 없지만, 오늘은 평소와 달라 보였다.

팬으로서도 이것만큼은 꼭 알고 싶었다.

"······옛 친구야. 너처럼 올곧고 앞만 바라보지만 그만큼 강하기도 했지. 눈이, 닮았어."

"아주 못된 친구들이었나 보네요."

"후후, 맞아. 못됐고 소신이 뚜렷했어. 알렌도 똑같아. 그래서 너희를 보고 있으면 생각이 나. 그 두 사람이."

나와 알렌을 주시하고 있었던 게 그런 이유 때문이었나.

하지만 더는 아무것도 가르쳐 주지 않았다. 말하고 싶지 않다면 억지로 물을 필요는 없다.

이야기는 마법에 관한 것으로 옮겨갔다. 그리고 놀랄 만한 사실을 가르쳐 주었다.

아니, 깨닫게 되었다. 에바의 비밀을.

"어머, 보였어?"

"그게 에바 선배의 비밀이에요?"

"그렇게 대단한 건 아니야. 그냥 편해서 그래."

보통 사람의 눈에는 보이지 않는 손이 에바의 뒤에 몇 개나 나타나 있었다. 굳이 비유하자면 마력으로 만든 의수 같은 건가.

뱀처럼 꿈틀거리고 있었다. 듣자니 이 손 하나하나가 마법을 사용할 수 있다고 했다. 즉 동시에 여러 마법을? 그래, 이게 바로 최강의 여신인 이유구나.

하지만 도저히 흉내 낼 수 없는 기술이었다. 이것은 에바만 가능한 능력이다.

“아쉬운 표정 짓지 마. 네겐 너만의 힘이 있잖아.”

“그런 거 없어요. 그래도…….”

내 표정을 본 에바가 조심스레 배려해 주었다.

그리고 그 진짜 의미도.

“알렌이라면 가능할지도 모른다고 생각했지?”

맞다. 나와 달리 그 녀석이라면 가능할지도 모른다.

그 이유는 녀석이 가진 능력에 있다.

검마배에서 보고 깨달았는데, 녀석은 타인의 마법을 모방하는 기프트(능력)가 있다.

원작에서 그런 힘은 없었다. 이것도 변화 중 하나인 게 분명했다.

지금은 아직, 그래도 언젠가…… 젠장, 방심하고 있을 때가 아니다.

“후후후, 귀엽네. 절차탁마(切磋琢磨)해서 나를 즐겁게 해봐.”

그렇게 말하는 에바는 그 어느 때보다 아름다운 미소를 짓고 있었다.

지금까지 에바에 관해서는 아는 게 별로 없었다. 언제 적으로 돌변해도 전혀 이상하지 않은 사람이었다. 하지만 오늘은 그 생각이 바뀌었다.

그녀는 분명 우리와 같은 편이 되어줄 것이다.

문득 하늘을 올려다보니 붉은 달이 빛나고 있었다.

그 순간, 원작이 떠올랐다. 지금까지의 나는 그저 기다리고만 있었다.

미래를 알고 있기에, 다가올 그때를 위해 이를 갈고 있었다.

하지만 알렌 녀석은 늘 자기가 먼저 돌진한다.

그래. 나도 가끔은 그 녀석을 참고해 볼까.

눈꺼풀이 점점 무거워졌다. 역시 마력을 너무 많이 사용했나 보다.

그러자 에바가 어디선가 담요를 꺼냈다.

"피곤하지? 누워서 자."

다짜고짜 나를 눕히더니 마치 아이를 재우는 것처럼 담요를 덮어주었다.

"이 세상에서 제일 중요한 건 사람과 사람 사이의 유대야. 넌 나처럼 되지 마."

이상하게 아무 대꾸도 할 수 없었다. 그래, 수면 마법을…….

바이스의 잠든 얼굴을 슬쩍 본 에바는 모닥불을 가만히 응시했다.

그리고 조용히 중얼거린다.

"……보고 싶어."

그리고 에바는 과거를 떠올렸다──.

　나는 최악 중의 최악이지만 최고인 곳에서 태어났다.

　"빨리 돌려줘."

　"크크, 가지고 싶으면 힘으로 뺏어보던가."

　산더미처럼 쌓인 쓰레기 더미의 꼭대기, 내가 찾아낸 인형을 빼앗겼다.

　체격도 덩치도 큰 그의 이름은 킹.

　짧은 흑발과 치켜 올라간 눈이 특징이다.

　참고로 킹은 본명이 아니다. 그렇게 부르라고 해서 어쩔 수 없이 그런 거다.

　"킹, 그냥 돌려줘——!"

　"맞다, 맞아——!"

　"시끄러워! 이건 내 거야!"

　누더기 같은 옷을 입은 아이들이 시끄럽게 소리를 질러댄다. 어른들의 모습은 보이지 않았다.

　우리는 모두 고아다.

　물론 각자 이유는 다르다. 전쟁, 노예, 버려진 아이, 불행 자랑은 질릴 만큼 들었다.

　공통적인 건 지금은 모두 쓰레기를 주워서 생계를 이어가고 있다는 것.

　킹의 나이는 나와 비슷한 여덟 살이나 아홉 살 정도. 나와 달리 남자아이라서 힘이 세다.

"이건 내가 먼저 발견했어. 멋대로 훔치지 마."

"아니야, 내가 먼저 발견한 거야!"

"핫, 그러면 힘으로—— 으아아아아아아아아아?!"

다음 순간, 킹은 옆에서 날아든 발에 걷어차여서 쓰레기 산의 비탈을 데굴데굴 굴러 내려갔다. 주저 없이 이런 짓을 할 수 있는 사람은 단 한 명—— 에바뿐이다.

"인형 받아. 어떻게 넌 늘 당하고만 사냐."

"고, 고마워."

은발의 생머리에 백옥처럼 하얀 피부를 가진 에바.

내 새카만 머리랑 다르게 윤기가 흐른다.

여자지만 힘도 세고 배짱은 웬만한 남자들보다 더 강하다.

나는 그녀를 동경했다.

"야, 에바! 너 내가 죽으면 어쩌려고 그래!"

"글쎄? 그때는 묘 앞에서 미안하다고 사과해 줄게. 킹."

지금 우리가 있는 이곳의 쓰레기는 대부분 왕도에서 온 것들이다.

가끔 괜찮은 것도 있어서 인기가 많은 물건 같은 경우는 경쟁이 치열했다.

난폭한 면이 있긴 해도 킹을 싫어하진 않았다.

그리고 정말 좋아하는 에바. 우리는 셋이 자주 어울려 다녔다.

물론 나도 부모님은 없다.

설령 존재하더라도, 어디 있는지는 모른다.

"……그보다 킹, 냄새나. 매일 목욕은 해?"

"일주일에 한 번. 우리 처지에 그런 사치가 가당키나 하냐? 그리고 너도 냄새나거든."

"내가? 그럴 리 없는데. 방금 씻고 왔단 말이야."

그러고 보니 에바는 깨끗했다. 그리고 좋은 냄새도 난다.

"에바, 또?!"

"후후후, 몰래 들어갔지롱."

"그러다 들키면 죽어……."

"그럴지도. 그래도 난 자유롭게 사는 게 좋아."

에바는 툭하면 변경에 있는 귀족의 저택에 몰래 들어가서 욕조에 몸을 담갔다가 온다고 했다.

안전한 날이 언제인지 알고 있다지만, 그래도 너무 위험한 행동이었다. 파리 목숨보다 못한 게 우리 목숨이다.

이곳에서 살아가는 건 결코 쉬운 일이 아니다. 겨울은 춥고 여름은 숨이 막힐 만큼 덥다.

그래도 이곳엔 자유가 있었다.

돈만 있으면…… 더 바랄 게 없는데 말이야.

"그리고 이것도."

"……에바, 이건?! 메로멜론?!"

부스럭거리며 꺼낸 건 엄청 큰 과일이었다.

예쁜 그물 무늬에 먹음직한 색.

누군가 그랬다. 과육이 가득하고 녹아내릴 정도로 달콤하다고.

“다 같이 먹자. 단, 킹은 제외야.”

“야, 그런 게 어딨냐?!”

“사과하면 줄게.”

에바는 늘 이렇게 이곳에 사는 아이들의 사이를 중재해 주곤 했다.

이런 곳에서도 에바는 늘 우아함을 잃지 않았다.

언제나 웃는 얼굴로, 즐겁게.

어째서 이렇게…… 강한 걸까.

“……내가 잘못했어. 미안해.”

그러자 킹은 나를 향해 머리를 숙였다. 등을 둥글게 말자 제법 귀여워 보인다.

나도 모르게 웃음이 나왔다.

“우, 웃지 마!”

“미안, 미안. 에바를 봐서 용서해 줄게.”

“후후후, 좋아. 좀 더 자유롭게 살도록 해. 우리는—— 이곳에 있는 아이들은 모두 세상에서 제일 자유로운 민족이야.”

에바가 자주 하는 말이다.

세상에서 제일 자유로운 민족, 그게 우리라고.

“나는 에바보다 자유롭게 살 거야. 노블레스 마법 학원에 입학해서!”

“노블레스 마법 학원?”

나는 고개를 갸웃거렸다. 그러자 에바도 킹의 말을 보충해 주었다.

"세계 최고의 마법 학원 시설이야. 평민이라도 입학시험은 칠 수 있다던데…… 킹, 넌 무리야. 난 가능해도."

"뭐라고?! 내가 꼭 들어가고 만다!"

"나한테도 못 이기면서."

"뭐어?! 그러면 진지하게 한번 붙어볼까?!"

"좋아, 한번 해봐."

"아얏, 뺨은 왜 꼬집냐, 에바!"

후후후, 이곳은 최악 중의 최악인 곳.

그래도 최고다.

"아이고, 이제들 오냐?"

쓰레기장에서 걸어서 한 시간. 동네라고도 할 수 없는 작은 장소, 그곳에 우리의 집이 있었다.

우리를 맞아준 사람은 너무 좋아하는 할머니. 웃는 얼굴이 멋진 분으로 성격도 엄청 좋다.

이름은 잊었다며 가르쳐 주지 않으셨다. 그래도 다들 할머니라 부르며 따랐고, 많은 아이와 함께 이곳에서 살았다.

그렇지만 에바는 가끔만 여기서 지냈다. 늘 비밀 은신처가 있다면서 사라지곤 했다.

하지만 그런 점이 또 자유로운 에바답고 신비로워서 참 좋았다.

“킹, 손 씻는 거 잊지 마.”

“시끄러워, 에바! 넌 잔소리가 너무 심해!”

옥신각신하는 두 사람을 보고 있으면 저절로 웃음이 나온다.

“오늘은 어땠니?”

“별로…… 하지만 인형이 있었어!”

“이런, 귀여운 인형이구나.”

할머니는 건강이 나빠진 후로 거동이 영 불편해지셨다.

저금이 있다면서 우리 돈은 받지 않으시지만, 언젠가 내가 부자가 되면 여유로운 생활을 할 수 있게 해드리고 싶다.

“나중에 깨끗하게 닦아주마.”

할머니는 우리를 지켜주신다.

병사들이 언제 순찰하는지 알려주고, 돈도 안 내는데 밥도 잔뜩 만들어 주고, 가족 하나 없는 우리를 조건 없는 사랑으로 돌봐주신다.

만약 나 혼자였다면 이미 죽었을 것이다.

다들 마음속에 어둠을 품고 있었다. 킹도 가끔 혼자 울곤 한다.

하지만 에바는 다르다.

강하고 다정하며 절대 약한 소리를 하지 않았다.

모두 하루빨리 이곳을 떠나고 싶다지만, 나는 계속 이렇게 사는 것도 괜찮을 것 같았다. 이런 말은 입이 찢어져도 할 수 없지만.

“자, 너도 손 씻고 와. 메로멜론, 다 함께 먹을 거니까.”

이렇게 좋아하는 에바가 늘 곁에 있어 주니까.

“네——!”

처음 먹어 본 메로멜론은 정말 녹아내릴 정도로 맛있었다…….

늘 가는 일터. 때는 아침, 아이들이 아직 잠든 시간대가 기회다.

이제 곧 에바의 생일. 그래봤자 처음 만난 날이지만.

그것도 겸해서 선물을 주고 싶었다.

그때 작은 목걸이 하나가 눈에 띄었다.

당연히 진짜는 아니겠지만 반짝반짝 빛나는 걸 보니 뛸 듯이 기뻤다.

에바가 좋아할까.

“——야, 저 녀석은?”

“뭐, 괜찮을 것 같은데?”

뒤에서 들리는 목소리에 황급히 돌아보니 두 어른이 서 있었다.

여기는 사람들이 잘 찾지 않는 곳이다. 그래도 혹시나 어른이 있을 경우는 위험하다.

스트레스 해소라면서 때리거나 걸어차는 것도 모자라 유괴까지 할 때도 있었다.

노예로 실컷 부려 먹는다고 들었다——.

나는 필사적으로 도망쳤다. 이곳 지리는 누구보다 잘 알았다.

무사히 도망쳐야 해. 그렇게 생각했는데——.

『마법 속박.』

갑자기 뒤에서 밧줄이 날아오더니, 마치 살아 있는 것처럼 내 몸을 휘감았다.

균형을 잃은 나는 앞으로 고꾸라졌다.

"너, 그런 마법은 언제 배웠냐?"

"어떠냐? 왕도에서 배운 거야."

마치 나를 마물처럼 취급하며 즐겁게 웃고 있었다.

유괴된 아이들은 한 명도 돌아오지 않았다.

……싫어, 안 돼…… 여기서 떠나고 싶지 않아.

싫어, 싫어.

"어린애지만 제법 이쁘장하게 생겼네. 맛 좀 볼까?"

"멍청한 놈. 처녀는 비싸게 팔리는 거 모르냐? 얼른 데리고 가기나 해."

커다란 손이 다가왔다. 싫어. 싫어.

누가 좀—— 도와줘——.

"어딜 도망치려고—— 으아아아아아아아아아아아악?! 이 자식은 또 뭐야!"

"빨리 도망쳐!"

어른을 날아 차서 나를 구해준 사람은 킹이었다.

"한심하긴. 어린애한테 당하기나 하고, 아아아아아아악?!"

"얼른 도망쳐!"

뒤이어 나타난 건 에바였다. 가차 없이 얼굴에 발차기를 날렸다.

그 순간, 내 몸에 감겨 있던 밧줄이 느슨해졌다.

"바보 같은 놈. 어린애가 어린애를 불러서 어쩌자는 거냐."

“어른이면 다야? 우리가 어린애라고 뭐든 마음대로 될 줄 알았다면 오산이야!”

놀랍게도 킹은 작은 검을 꺼냈다. 그리고——.

“맞아. 우리를 얕보지 마.”

그 순간, 에바의 오른손이 빛나기 시작했다.

저건—— 마법이다.

두 어른의 안색이 변했다.

우리 같은 아이가 마법을 사용하는 경우는 없기 때문이다.

훈련을 받은 귀족, 또는—— 재능을 가진 아이뿐이다.

“이런, 오늘 아주 대박인데? 마법에 재능이 있는 놈은 비싸게 팔리잖아. 일찍 일어난 보람이 있었어!”

“그러게. 그래도 남자는 필요 없으니까, 여자만 데려가자.”

하지만 그건 역효과였다.

미소를 지으며 커다란 검을 꺼내 겨누었다.

이럴 때, 어떻게 하면……. 나도—— 싸우는 수밖에——.

“뭐 하는 거야?! 넌 도망쳐! 빨리!”

“괜찮으니까 가!”

킹과 에바의 호통에 나도 모르게 발이 움직일 뻔했다.

도망쳐? 이 둘을 남겨두고? 그런 건…… 하지만…….

나는 약하다. 방해만…… 그래.

“꼭 도와줄 사람을 데리고 올게!”

왕도까지는 그리 멀지 않다. 분명 병사들이 와 줄 것이다.

그리고 나는 두 사람을 남겨두고 서둘러 도망쳤다.

달리고 또 달렸다. 숨쉬기가 힘들어져도, 심장이 터질 것 같아도, 달렸다.

"뭐? 당연히 안 되지."

"꼬마야, 미안하지만 우리는 왕도의 병사란다. 우리 마음대로 여기서 움직이면 안 돼."

"그래도 킹이! 에바가! 죽을지도 몰라요!"

"미안하지만, 사건으로 처리해 주길 바라면 필요한 절차부터 밟아주겠니?"

이유를 모르겠다. 바로 지금 일어난 일인데도 이미 끝난 것 같은 얼굴을 하고 있었다. 내 말을 믿지 않는 건가? 아니다. 우리 같은 건 어떻게 되든 상관없는 것이다.

아무리 호소해도 들은 척도 하지 않았다.

그래도 필사적으로 매달린 결과, 결국 나는 모욕죄로 체포되었다.

"뭐 이렇게 시끄러운 놈이 다 있지?"

"일단 하룻밤 감옥에 넣어둘까."

"이거 놔, 이거 놔요! 빨리 안 가면, 안 가면."

킹…… 에바…….

"나가라."

며칠 후, 나를 데리러 온 건 할머니였다.

몸도 편찮으신데 여기까지…… 아니, 그보다──.

"할머니, 킹과 에바가!"

"……할미도 알아. 진정하고 듣거라──."

그리고 할머니는 내가 쓰레기장에서 도망친 후에 어떻게 되었는지 가르쳐 주셨다.

"……에바가 행방불명? 킹이…… 안 돼……."

믿을 수 없었다. 듣고 싶지 않았다.

거짓말, 거짓말이야.

……킹의 시체는 그 쓰레기장에서 발견되었다.

정말 무자비하게 맞았다면서, 할머니는 울먹이며 말했다. 내가 도망친 후, 우연히 그곳에 있었던 아이가 증언해 줬다고 한다.

……거짓말이다. 믿고 싶지 않다.

하지만 에바는 어디에서도 찾아내지 못했다고 했다.

'──마법에 재능이 있는 놈은 비싸게 팔리거든.'

……에바는 꼭 살아 있을 거야.

"잘 듣거라. 에바는 말이야──."

할머니는 줄곧 감추고 있던 사실을 이야기해 주었다.

사실 에바는 귀족의 딸이었다.

가끔만 나타나는 건 들키지 않고 집을 빠져나오다 보니 그런 거라고 했다.

저택에 몰래 들어갔던 것도 거짓말. 에바는 집에서 목욕한 것

뿐이었다.

부모님과 사이가 좋지 않다고 했지만, 자세한 건 모른다고.

그리고 에바는 집에서 훔친 돈을 우리를 위해 사용하고 할머니에게도 주었다고 했다.

……왜 말해주지 않은 걸까.

하지만 아무리 사이가 안 좋았다고 해도 에바가 행방불명이 된 건 바로 알려졌다.

주위의 증언도 있고 해서 할머니는 의심받진 않았지만, 두 번 다시 왕도에는 들어가지 못하게 됐다.

우리…… 때문이다.

범인은 최근 들어 규모가 커진 노예상일 거라는 소문이 돌았다. 그 후, 딱 한 번 병사에게 불려 가서 증언했는데, 사건에 대해 자세히 말해주진 않았다.

킹의 시체는 왕도에서 검증하기 위해 옮겨지는 바람에 나를 포함한 아이들은 작별 인사도 제대로 하지 못했다.

그래도 할머니가 장례식을 치러준 덕분에 마음의 정리를 하려고 애쓸 수 있었다.

사건이 있은 지 한 달 후, 할머니의 건강이 급격히 나빠졌다.

"……아무것도 못 해줘서 미안하구나."

마지막까지 에바의 행방을 알기 위해 왕도를 찾아가 호소했지만, 한 번도 안에는 들어가지 못했다. 건강도 안 좋은데. 매일 한 시간 이상이나 걸어서 간 건데.

할머니가 돌아가신 후, 우리는 뿔뿔이 흩어졌다.

'우리는 세상에서 제일 자유로운 민족이야.'

문득 에바가 한 말이 떠올랐다.

그녀는 살아 있을 것이다. 반드시. 죽을 리 없다.

꼭 찾아낼 거다.

그리고 나는 최악 중의 최악이지만 최고인 쓰레기장에 작별을 고했다.

그다음 일은 떠올리고 싶지도 않다.

나쁜 일은 죽을 만큼 많이 했고 거짓말도 밥 먹듯이 했다.

몇 년 후, 나는 에바를 유괴한 노예상을 찾아냈다.

그런데——.

"……방금 뭐라고 했지?"

"그, 그 녀석은 죽었어. 귀족의 딸이라는 걸 몰라서 난리가 났거든. 그래서 바다에 빠뜨——."

"거짓말하지 마!"

"거, 거짓말 아니야. 히, 히익, 그, 그만해애애애!"

듣고 싶지 않았다. 귀를 막고 싶었다.

그래도 에바는…….

“……안 믿어. 에바는 꼭 살아 있을 거야.”

그 후로 나는 킹과 에바와 관련이 있을 것 같은 노예상은 다 찾아다녔다. 그리고 진실을 들으려 했지만, 결국 아무것도 알아내지 못했다.

진실을 알고 있었던 건, 오직 첫 번째 남자뿐이었다.

어느새 나는 당시 최대라 불리던 노예 조직을 하나씩 파괴해 나갔다.

모든 게 다 끝났을 때, 나는 끝없는 허무함에 사로잡혔다.

이 세상의 모든 악을 죽이면 킹은 편히 잠들 수 있을까.

에바도 찾아낼 수 있을까.

노예 상인은 이 세상 곳곳에 존재한다. 아무리 죽이고 또 죽여도 어차피 또 늘어만 날 뿐이다.

그만 이 정도로 끝낼까.

적어도…… 킹의 원수는 갚았다.

나는 이제 자유다.

자유롭게―― 살아갈 것이다.

에바의 말대로, 나는 세상에서 제일 자유로운 민족이 되고 말테다.

그리고 나는 모험가가 되기로 결심했다.

이 세상에서 제일 자유롭게 살 수 있기 때문이다.

옛날부터의…… 꿈이었다.

“안녕하세요! 모험가 등록을 하시려고요? 우선 이름을 말씀해 주시겠어요?”

“아, 내 이름은, 유———…….”

……나는 자유로워지고 싶어.

저기, 에바. 네 이름을 빌려도 될까?

나는 네가 되고 싶었어. 너를 동경했어.

……허락해, 줄 거지?

게다가 나는 그날 이후로 머리카락 색도 하얗게 변해 버렸어.

그래도 조금이나마 너와 비슷해진 것 같아서 기뻤어.

음…… 킹의 이름도 빌려도 돼? 에바 킹이라고 하면 조금 부끄러우니까 본명을 빌릴게.

넌 싫다고 했지만, 난 좋아했으니까.

……에이버리, 였지?

“이름은…… 에바. ——에바 에이버리.”

내 이름은 에바 에이버리.

세상에서 제일 자유롭게 살아가는 민족.

누구에게도 속박되지 않는다. 누구의 명령도 듣지 않는다.

원래 이름은 떠올리고 싶지도 않고 떠오르지도 않는다.

그래도 세상에서 가장 강해지지 않으면 자유롭게 살 수 없다.

무력은, 이제 싫다.

그러니 더 강해질 거야.

몇 년 후, 나는 그 누구에게도 지지 않게 되었다.

누구도 막지 못하고, 누구도 뭐라 하지 못하는, 세상에서 제일 자유로운, 단 한 명뿐인…… 민족.

──에바 에이버리, 그게 바로 나.

"노블레스 마법 학원……이라, 옛날 생각나네. 입학해 볼까."

역대 최고의 성적으로 입학해서 하급생의 선두를 차지, 학원 대항 제11회 노블레스 검마배에서 우승했다──.

"……지루해 죽겠네. 학원도 그만둘까. ──어차피 자유롭게 사는 인생, 그래도 되겠지?"

모든 게 다 시시했다. 모든 게 다 재미없었다.

중급생으로 진학한 후, 세 학년 합동 태그 토너먼트전에서 방송을 들으며 오랜만에 심장이 뛰는 것을 느꼈다.

『하급생 24번, 이오레 토르스, 행동 불능, 행동 불능. 바이스 판센트, 카르타 비올레에게 포인트 부여.』

"저 녀석이 악명 높은 귀족……인가."

아무도 나를 거스르지 않는다, 아무도 나를 뛰어넘으려 하지 않는다.

지루하게 살던 내 앞에 살의와 마력을 내뿜으려 나타난 건 금발에 밉살스러운 얼굴을 한 후배이자 유명한 악욕 귀족.

──바이스 판센트.

"만나 뵙게 되어 영광이에요. ——에바 에이버리 선배."
"우후후, 네가 그 유명한 바이스구나. 반가워."
아아—— 즐거웠다.
조금만 더 여기 있을까.
재미있는 남자아이가 둘이나 나타났잖아.
킹, 에바.
조금이지만 너희와 닮은 것 같아.
다들 잘 지내고 있어?

나는 세상에서 제일 자유롭게 살고 있어.

노블레스 마법 학원 내에 있는 도서관에서, 나와 세실은 거듭 대화를 나누고 있었다.

"판센트 군. 솔직히 쉽지 않아. 정공법으로 나갈 경우, 문전박대를 당할 건 불을 보듯 뻔하고, 최악의 경우 불경죄로 투옥될 가능성도 있어. 그보다 진짜야? 의심하는 건 아니지만……."

"……솔직하게 말하면, 거의 틀림없다고 봐. 난 사실이라고 믿고 있어."

"그렇구나. 그나저나 이걸 어쩐다? 대보름이 뜨는 날에 카를로스국의 소피아 공주가 마족에게 살해당한다니, 도대체 이걸 어떻게 설명해야 할지……."

'노블레스 오블리주'에는 약속이 있다.

알렌이 학원에 입학한 것처럼, 절대 바꿀 수 없는 이야기의 기점이 있다. 오스트라바 왕국의 우호국인 카를로스국의 '소피아' 공주가 살해당하는 것도 같은 맥락이다.

플레이어는 범인이 마족임을 알지만, 카를로스국의 조사 보고서에는 누가 암살했는지 모른다고 나온다.

원작에서는 이 사건을 계기로 세계가 변하기 시작한다.

각국의 조사는 진전이 없고 범인을 특정할 수 있는 단서가 발견되지 않는 상황에서 위협을 배제하기 위해 국경의 검문이 삼엄해지면서 무역까지 중단된다.

작은 나라에는 큰 타격이다. 일자리를 잃고 생활이 막막해진 사람들은 생존을 위해 도적이 된다.

마왕이 이끄는 마족은 하나같이 뛰어난 전투력이 있지만, 그것만으로 세상을 지배할 수는 없다. 그래서 똑똑한 그놈들은 다양한 정보를 이용해 인간을 공포에 빠뜨린다.

요컨대 소피아 공주 암살 사건은 이 모든 일의 시발점이란 이야기다. 이것만 저지하면 적어도 원작에서 일어나는 대사건은 피할 수 있다.

이런 생각을 떠올린 건 에바와 야영을 한 날이었다.

다음엔 우리가 먼저 선수를 쳐야 한다.

그날 이후로, 이야기의 진행 상황을 바탕으로 역산해서 다음 대보름이 언제인지 조사했다.

그리고 드디어 언제인지 알아냈다.

일개 귀족 가문의 아들인 내가 아무 근거도 없이 마족이 쳐들어올 거라고 진언해 봤자 아무도 믿지 않는다.

자칫하면 허위 신고를 했다며 투옥될 가능성도 있다.

그래서 그날에 대비해서 조용히 준비를 시작했다.

문제는 산적해 있었다.

원작에서는 마족에 의한 암살이라고만 적혀 있어서 소피아 공주가 어디서 어떻게 죽었는지는 모른다.

게다가 우리는 왕족의 일정을 알아낼 방법이 없다.

유일하게 확실한 건 사건이 대보름날에 일어난다는 것.

구체적인 방법은 아직 없으나, 방침은 정해졌다.

대보름이 무사히 지나갈 때까지 정체를 숨기고 소피아 공주를 안전하게 지킬 거다.

공주 주변에 호위 기사가 있겠지만, 원작을 생각하면 그들은 막지 못할 거다.

즉, 우리가 소피아 공주를 납치해서 날짜가 바뀔 때까지 버티거나, 바로 옆에서 마족의 암살을 저지하거나, 둘 중 한 가지 방법밖에 없다.

그러나 어느 쪽도 근거 없는 임의 행동인 건 마찬가지. 자칫 한 순간에 대역죄인이 될 수 있다.

그래도 이번에는 빌어먹을 마족들에게 한 방 먹여 줄 생각이다.

"여차하면 나 혼자라도 하는 수밖에 없어."

"무슨 수로? 혼자 카를로스국의 성에 쳐들어가려고? 거기가 비교적 소국이라도 왕성 경비를 뚫기는 어려울걸?"

"아니, 나 혼자라면 무사히 들어갈 방법이 있어. 납치까지 해내면 더 좋겠지만, 그게 힘들 것 같으면 마족이 나타날 때 옆에 있으면 돼."

"정말 넌 전례가 없는 일만 골라서 하는 것 같아. 그래도—— 난 널 따라가기로 결심했어. 그러니까 더 좋은 계획을 생각해 볼게."

세실은 근거 없는 내 이야기도 진지하게 받아주었다.

세실이 없었다면 난 어떻게 되었을까.

단——.

"……내가 먼저 부탁해 놓고 이런 말은 좀 그렇지만, 범죄가 될지도 몰라. 정체가 들키면 노블레스 마법 학원에 재적은커녕 쫓겨날 수도 있어."

"어머, 그건 그것대로 재미있을 것 같은데? 물론 그렇게 되면 네가 나를 땅끝까지 책임져야 하겠지만."

세실은 농담조로 말하며 미소 지었다.

정말 면목이 없었다.

그 후에도 둘이 계속 의견을 나누었지만, 결국 그날은 별다른 대책을 세우지 못했다.

그런데 그로부터 며칠 후, 한 줄기 빛이 비쳤다.

계기는 생각지도 못한 인물이었다.

"모처럼 쉬는 날인데 일이라니, 듀크도 참 힘들겠어."

"이것도 다 미래를 위한 거니까."

알렌과 듀크가 식당에서 아무 생각 없이 나누던 대화의 내용.

……그래.

방과 후, 나는 듀크를 불러냈다.

"여어! 네가 어쩐 일이야? 뭐야, 혹시 듀크 형님에게 부탁할 일이라도? 농담이야. 바이스가 그럴 리——."

"아니, 맞아. 부탁이 있어."

"역시 그랬구나! ……응?"

"요즘 기사 임무를 맡고 있다던데, 혹시 소피아 공주와 관련이 있는 일이야?"

"오, 어떻게 알았어? 뭐, 그래도 대단한 일은 아니야. 카를로스 국의 성문 근처에 우두커니 서서 하늘만 쳐다보는 게 고작이거든. 그런데 그건 왜?"

대보름날, 기사 가문 출신인 듀크는 이웃 나라의 호위 임무를 맡는다고 들었다.

원작에도 그런 이야기가 살짝 언급되긴 했는데, 멍청하게도 완전히 잊고 있었다.

그렇다는 건 이 녀석은 자세한 상황을 파악하고 있다는 뜻. 아니면 앞으로 정보를 공유받게 될 것이다.

듀크는 근육에 닭가슴살에 지방질, 미네랄이지만, 나쁜 녀석은 아니다.

설령 믿지 못한다 해도 여기저기 떠들고 다닐 사람은 아니다.

"대보름날——."

나는 모든 걸 다 이야기했다. 아직 확정된 미래가 아니라는 것도.

그리고 소피아 공주에 대해 가르쳐 달라고.

누가 뭐라도 듀크는 기사 가문 출신이다.

비밀 정보, 나아가 왕족에 관한 일은 다른 사람에게 이야기만 해도 큰 죄다.

게다가 나는 그 유명한 바이스 판센트. 신용도는 제로라고 할 수 있다.

"……미안하지만 아무리 네 부탁이라도 그건 안 돼. 널 신용하지 못해서가 아니라 기사로서 해선 안 되는 일이기 때문이야.”

“……맞아. 그렇지.”

듀크는 내 이야기를 끝까지 다 들은 후, 조용히 말했다.

알고 있던 일이다. 그래도 매달릴 수밖에 없었다.

“하지만 네가 그렇게까지 말한다는 건 그럴 가능성이 크다는 거겠지? 그냥 간과해선 안 될 것 같은데.”

“……나도 확신은 못 해. 나타나지 않을 수도 있어.”

“뭐야, 아무 근거도 없다는 거냐.”

“맞아.”

듀크는 “일단 알았어”라는 말을 남기고 사라졌다.

며칠 후, 나는 그 말의 의미를 알게 되었다.

“대보름날, 오스트라바 왕국 근방에서 귀족과 왕족이 모이는 무도회가 열려. 소피아 공주는 그 무도회에 참석할 예정이고 마차에는 전속 호위가 붙을 거야. 출발 시간은 확정되지 않았지만, 아마 밤에 왕도로 출발하게 될 것 같아.”

“듀크, 너…….”

“일단 막판까지 자세히 조사해 볼게. 나도 미쳤지. 이것만 해도 감옥감인데.”

“그래…… 정말 고맙다.”

“신경 쓰지 마. 누구나 동경하던 게 있잖아. 뒤에서 암약하는 정의 같은 거 말이야. 그리고 그러는 거 안 어울리거든? 그냥 너답게, 잘했어, 라고 말해.”

듀크는 환한 미소를 지었다.

원작에서는 누구보다 성실하고 잘못된 일은 절대 용서하지 않는 성격의 소유자다.

지금까지도 그랬지만, 언제나 정의를 소중히 해왔다.

그런데 그런 듀크가 나를 위해 죄를 지었다. 방금 정보를 누설한 것만 해도 기사로서는 절대 해선 안 되는 행동이다.

더 이상 폐를 끼칠 순 없다.

“이 정도면 충분해. 이젠 나 혼자——.”

“말도 안 되는 소리하지 마. 일단 손을 댔으면 끝까지 해야지. 그리고 조건이 있어. 알렌과 샤리도 같이 해. 그 녀석들이 이번 작전에 필요해. 만약 마족이 나타난다면 우리만으론 역부족이야. 너도 알잖아?”

알고 있다. 동료가 늘어나면 저지 가능성도 커진다. 애초에 나 홀로 마족과 싸우면 과연 끝까지 공주를 지킬 수 있을지 어떨지, 알 수 없다.

알렌과 샤리가 가세하면 확률은 더 높아질 것이다.

하지만 알렌은 주인공이다. 시나리오가 변하면 어떻게 될지 예측할 수 없다.

어떻게 하면 좋을지…… 결정이 서지 않았다.

그때——.

“이야기는 세실에게 들었어. 바이스, 나도 도울게. 조금이라도 누군가 죽을 가능성이 있다면 모두 힘을 모아 최선을 다해야 해.”

“나도 동감이야. 마족이 온다면 가만히 있을 순 없어. 만약 안 오더라도 우리의 정체가 들키지 않으면 되는 거 아냐? 그렇다면 모두 함께하면 분명 괜찮을 거야.”

알렌과 샤리, 그리고 세실이 나타났다.

세실은 나 대신 결단을 내리고 두 사람에게 이야기했다고 한다.

이미 각오는 됐다. 끌어들이지 않겠다고 결심했지만, 신티아와 릴리스에게도 말했다.

모두 아무 의심도 없이 도와주겠다고 나섰다. 설령 파멸을 맞이하더라도 마지막까지 함께하겠다고 말했다.

내가 이 세계로 온 후, 가장 큰 변화가 될 게 분명하다.

그래도 반드시 성공할 것이다.

“무도회 경호에 힘을 쏟는 대신 공주님의 호위가 상대적으로 허술해질 것 같아.”

노블레스 마법 학원의 회의실.

듀크가 테이블 위에 놓인 카를로스국 주변 일대의 지도를 가리켰다.

지금 이 자리에는 세실, 듀크, 알렌, 샤리, 신티아, 릴리스가 있다.

듀크가 사전에 입수한 정보를 토대로 공주님이 타게 될 마차가 갈 경로를 계산했다.

“나는 아직 작전에 의문이 있는데.”

그때 샤리가 손을 들었다.

“뭔데? 말해봐.”

“호위 기사는 신중하게 선별한 최고의 실력자들일 거야. 아마 우리보다 훨씬 강하겠지. 그들을 굳이 공주님에게서 떼어놓을 필요가 있어?”

이번 작전은 우리가 공주님을 납치해야 의미가 있다.

샤리의 지적은 지당하지만, 원작에서 무슨 이유인지는 몰라도 그 호위 기사들은 아무 도움이 되지 않았다. 우리가 가야만 한다.

“물론 강하겠지. 그렇지만 마족의 습격은 꿈에도 생각 못 했을 거야. 아무리 강해도 기습당하면 한순간이지.”

“샤리, 지금 우리는 기사보다 더 강할 거라고 확신해.”

그때 알렌이 자신만만하게 말했다.

이렇게 단호하게 말하는 점이 더없이 주인공답다니까.

“나도 동감이야. 기사라고 해도 천차만별이거든. 하지만 그렇다고 해도, 기사들도 상대가 안 되는 마족을 우리끼리 감당할 수 있을까?”

“바이스, 적이 얼마나 올지 알 수 없어?”

“……그건 나도 몰라. 마족만 올 가능성도 있고, 마물이 올 가능성도 있어.”

“일반인까지 고려하면 지킬 범위를 넓혀야 할 것 같은데…….”

알렌은 국민에게 피해가 가지 않을지 걱정했지만, 거기까진 나도 알 방법이 없다.

이 사건은 원작에서도 그저 언급만 나왔을 뿐이라, 자세한 것까진 나도 모른다. 그래서 알렌이 도와주는 건 고맙지만, 한편으로는 불안하기도 했다.

이 녀석은 너무 착하다. 누군가 위험해지면 어떻게 나올지 알 수 없다.

……아니, 꼭 그렇다고 단정할 순 없나.

알렌의 행동은 바로 주인공의 행동이다. 모든 일이 역효과로 이어지는 건 아니다.

오히려 알렌에게 맡기는 게 나을지도 모른다.

주인공의 기적은 창작물의 정석이니까.

"알렌의 마음을 모르는 건 아니지만, 우선 기사의 눈을 돌리려면 어떻게 해야 할지를 논점으로 삼고 검토하죠."

세실이 중재자 역할을 맡아 주었지만, 깔끔하게 정리되진 않았다.

게다가 소피아 공주의 동향을 살필 사람도 필요했다.

듀크는 왕성의 성문 근처에서 호위만 할 뿐, 가까이 가지는 못한다.

즉, 공주가 언제 무도회로 출발하는지 알 방법이 없다.

그때 릴리스가 입을 열었다.

"제가 몰래 잠입해서 바로 직전까지 최대한 정보를 모아서 전하도록 하겠습니다."

그러면 정보는 얻을 수 있겠지만, 너무 위험하다. 그래도 릴리스는 물러나지 않았다.

"은밀하게 행동하는 데는 자신이 있으니 안심하세요. 아무에게도 들키지 않을 거예요."

릴리스는 사일런트 위치라는 별명을 가진 전(前) 암살자다.

그녀라면 분명 성공하리라 본다. 나에겐 과분한 메이드—— 아니, 친구다.

"미안해, 릴리스."

"당치도 않아요. 바이스 님과 모두를 위한 일이라고 생각하면 오히려 기쁜걸요!"

"릴리스, 무리는 하지 마세요."

"감사합니다, 신티아 님."

그 후, 우리의 회의는 밤늦게까지 계속 이어졌다.

시가지 B.

평소처럼 수업을 마친 후, 작전을 수행할 멤버들과 함께 훈련했다.

다양한 공격 상황을 가정해 협력 방법을 모색하고, 연락이 두절 될 경우엔 어떻게 행동할지 숙지했다.

그중에서도 결정적인 문제가 있었다.

바로 인원 부족이다.

카를로스국에는 네 개의 문이 있다.

동, 서, 남, 북.

마차가 어떤 문에서 출발할지, 바로 직전까지는 모른다. 무도회 회장은 남문이 제일 가깝지만, 일부러 멀리 돌아가는 경우도 있다고 했다.

릴리스는 성내로 잠입한다. 듀크는 바로 직전까지 호위 임무를 맡는다.

세실은 중앙에 있는 시계탑에서 모든 상황을 지켜볼 거고, 나와 신티아, 샤리, 알렌은 사방에서 감시 임무를 수행한다.

즉 문 하나에 한 명씩. 이 중, 누군가 한 명이 호위 기사를 따돌리고 소피아 공주를 납치해야 한다.

……역시 너무 위험하다.

만약 마족이 나타나더라도 공주를 호위하면서 싸우는 건 보통 어려운 일이 아니다.

그렇지만 달리 더 도움받을 방도가 없다. 이렇게 근거 없는 위험한 작전을 누가 돕겠는가——.

"나한테는 아무 말도 안 해 주다니, 섭섭해."

"많이 기다렸지? 다들 모여 있었구나."

그때 오린과 카르타가 시가지에 나타났다. 왜? 어떻게 된 일이지?

다른 멤버들이 당연한 듯 달려와서 저마다 고맙다는 말을 전했다.

그리고 카르타가 다가왔다.

“바이스 군, 기억해? 나한테 처음 말을 걸어주었을 때 말이야.”

“……물론.”

“그때 바이스 군이 말했지. 나라면 널 잘 활용할 수 있어. 그러니까 너도 나를 잘 활용해 봐, 라고 했어.”

“……그랬지.”

“난 바이스 군 덕분에 학교에 남을 수 있었어. 그리고 아직 그 보답도 못 했고.”

내게서 눈을 떼지 않고 등을 곧게 펴고 말한다. 그 겁쟁이 카르타는 어디로 간 걸까.

“오히려 이번 일로 퇴학, 아니, 쫓겨날 수도 있다만?”

“상관없어. 난 그런 것보다 네가 도와준 게 더 기뻤으니까.”

“덧붙이자면 나도 마찬가지야. 바이스 군이 언데드의 숲에서 도와주러 왔을 때, 정말 기뻤어.”

“오, 인기가 하늘을 찌르네, 바이스.”

듀크가 얄밉게 웃었다. 하여간에 죄다 착한 녀석들뿐이라니까.

……별로 말하고 싶진 않지만, 아무래도 얼굴에 다 드러난 모양이다.

알렌과 샤리가 떠들어대기 시작했다.

“바이스가 웃는 걸 다 보네.”

“그러게.”

“……조용히 해.”

그 후, 우리는 작전을 더 보완해 나갔다.

알렌과 샤리가 남문. 제일 가능성이 크니 함정을 사용할 수 있는 샤리가 적임자다.

오린은 피핀을 감시로 붙일 수 있기 때문에 제일 가능성이 낮은 동문을 혼자 맡기로 했다.

카르타와 신티아는 남문.

나는 북문을 맡았다.

혹시 무슨 일이 생기더라도 카르타가 신티아를 데리고 비행할 수 있으니, 임기응변에 유리하다.

대보름까지 약 일주일―― 작전의 세부 사항도 앞으로 정해나갈 생각이다.

마족들, 아니, '노블레스 오블리주'를 반드시 이길 것이다.

◇

카를로스국, 정오.

무도회는 밤부터지만 우리는 일부러 일찍 움직였다.

오늘까지 짧은 기간이었지만, 훈련도 알차게 했다.

나는 그동안 각오를 다졌다. 아마 이 녀석들도――.

"듀크, 그건 내 고기야!"

"또 주문하면 되잖아!"

"적당히들 좀 해!"

알렌, 듀크, 샤리.

“다, 다들 차분하게 먹으면 안 될까?”

“난 이 단맛 소스가 제일 좋아.”

카르타와 오린.

“바이스, 입에 소스가 묻었잖아요. 슥슥!”

“신티아 님, 방금 의성어가 입 밖으로 나왔어요!”

신티아와 릴리스.

“오히려 마음을 편하게 가지면 승부에서 성공할 확률이 높아지니까 괜찮지 않나요?”

마지막으로 세실까지. 그녀는 나와 눈이 마주치자 어이없다는 듯, 그러면서도 기쁜 미소를 지어 보였다.

작전이 실패하면 퇴학이 문제가 아니라 대역죄인이 되어 쫓겨날 가능성까지 있다.

그러나 이 녀석들은 그런 생각은 안중에도 없는지 마냥 즐거워 보였다.

“너희, 긴장감이 너무 없는 거 아니냐…….”

역시 노블레스 마법 학원의 학생이라고 해야 하나, 역시 ‘노블레스 오블리주’의 캐릭터라고 해야 하나.

그때 알렌이 내 이름을 불렀다.

“걱정하지 마. 우린 모두 바이스, 너를 믿고 있으니까. 그리고 만약 무슨 일이 생기더라도 모두 함께라면 어떻게든 되지 않겠어?”

알렌의 쓸데없이 긍정적인 발언에 다들 동조하는가 싶더니 모험가가 되어서 여행하는 건 어때? 라는 대화까지 해대기 시작했다.

하여간에 긍정적이고 저돌적으로 돌진하는 주인공 자식. 폼이란 폼은 다 잡고 말이야.

뭐, 그래도 이번만큼은 주인공 보정을 기대한다.

슬슬 움직일까.

이번 작전에서 제일 중요한 건 릴리스다.

성에 잠입하는 것부터가 이미 대죄다. 어떤 이유가 있더라도 용서받지 못한다. 다른 사람에게 들키기만 해도 모든 작전을 변경해야 한다.

"릴리스, 잘 부탁해."

"네, 맡겨 주세요! 바이스 님을 위해서라면 불이든 물이든 성이든 가리지 않고 들어갈 수 있답니다!"

이때의 릴리스는 그 어느 때보다 듬직해 보였다.

◇

'노블레스 오블리주'의 보름달은 붉고 크다.

마치 이세계의 상징이라도 되는 양 밤을 비추고 있었다.

듀크는 이미 성문 부근에서 호위 임무를 맡고 있었다.

세실은 주변 상황을 전부 볼 수 있는 높은 시계탑에서, 카르타는 상공에서 대기 중이다. 오린도 마찬가지로 성 인근에 있다.

릴리스는 이미 작전 수행 중이지만, 마법사가 성 부근에 있으면 바로 감지되기 때문에 무턱대고 연락할 수는 없었다.

참 얄궂게도 밤하늘은 아름답고 별도 예뻤다.

"그럼, 바이스. 나중에 다시 만나요."

"조심해, 신티아."

제일 가능성이 높은 알렌과 샤리는 이미 함정을 파놓고 대기 중이었다.

샤리의 함정은 제아무리 호위 기사라도 쉽게 간파하진 못할 것이다.

『──작전 개시. 릴리스로부터 공주가 탄 마차가 출발했다는 연락이 왔어. 호위 기사는 6명. ──자, 나쁜 짓을 하러 가볼까.』

그 순간, 세실의 대화가 머릿속에 울려 퍼졌다.

우리의 긴장을 풀어주려고 한 말이라는 건 안다. 보기 드물게 친근한 말투에 나도 모르게 웃음이 나왔다. 나 역시 북문 근처에서 대기하는 중이다.

『알렌, 샤리, 남문, 이상 없음.』

『오린, 동문, 이상 없음.』

『신티아, 카르타, 서문, 이상 없음.』

세실의 텔레파시는 개별 전화와 비슷해서 여러 명이 동시에 대화하지는 못한다.

그래도 목소리는 들을 수 있었다. 마차는 아직 보이지 않았다. 나 역시 이상 없다고 대답하려던 그때, 검은 말이 끄는 마차가 보였다. 왕가의 마차다. 아마 공주가 타고 있을 것이다.

비교적 가능성이 낮은 문이었는데, 일부러 길을 돌아가는 쪽을 선택한 모양이다.

『북문에서 목표를 발견했다.』

서두를 필요는 없다. 지원군이 오기를 기다렸다가 다 함께 공주를 납치하면 된다.

그런데 놀랍게도 이어서 다른 목소리가 들렸다.

『남문, 마차가 왔어』, 『동문에서도 확인했어』, 『서문에도 왔어요.』

……어떻게 된 거지?

아무래도 지금껏 목숨이 위험했던 적이 한두 번이 아니었던 모양이다. 그래서 습격에 대비해 굳이 미끼용 마차를 준비한 거다. 원작에 그런 언급은 없었지만 틀림없다.

그렇다고 초조해하진 말자. 할 일은 똑같으니까.

우선 세실에게 연락부터 했다.

『작전을 변경하자. 각자, 어떻게든 마차 가까이 접근해서 마력 감지를 이용, 공주가 있는지 확인해. 호위 기사들과 달리 공주의 마력은 대단치는 않아. 우리 실력이면 금방 알 수 있어. 세실, 다른 대안은 있나? 듀크와 릴리스로부터 연락은 없고?』

『──전했어. 두 사람으로부터는 연락이 없어. 네 의견에 이의도 없고. 다소 강제적이긴 해도 판센트 군의 작전을 실행할게. 괜찮아. 우리라면 할 수 있어.』

그러나 변수는 하나가 아니었다.

북문을 나온 마차가 길을 돌아갈 생각인지, 예상했던 경로를 벗어났다. 이래선 마주치기조차 어렵다.

그만큼 공주가 타고 있을 가능성도 높아졌지만.

애써 다른 사람들의 눈을 피해 움직이는 게 특히 그렇다.

"……가볼까."

언내추럴을 이용해서 길을 앞질러 간 다음, 검은 후드로 얼굴을 가렸다.

이윽고 마차는 나를 향해 다가오더니 바로 앞에서 멈췄다.

호위 기사 여섯은 나를 보자마자 상당한 마력을 끌어올리며 주저 없이 검을 뽑아 들었다.

"웬 놈이냐!"

"당장 물러서거라!"

"전원 마력을 활성화해!"

마력 감지를 발동했다. 만약 공주가 없으면 바로 물러난다.

그런데 마차 안에서 미약한 마력이 느껴졌다. 원작에서 공주는 빛의 성질을 가지고 있다고 했다.

공주가 틀림없었다.

즉시 세실에게 연락했지만, 범위를 이탈했는지 대답이 없었다.

기사는 마법도 사용할 줄 안다. 그에 비해 나는 저들을 다치게 해서도 안 되고, 정체를 밝히지도 못한다.

뭐, 좋아. 한번 해 보자.

——힐 라이트 & 다크 라이트.

발로 지면을 두드려 마법진을 전개했다.

어려운 상황임에도 불구하고 이상하게 기분은 고양되었다.

아아, 알겠다. 그 어떤 때보다 강하게 느껴진다.

바이스, 너 이 상황을 즐기고 있구나.

내가 어떻게 움직일지, 앞으로 어떻게 될지 궁금해서 미치겠지?

그래도 덕분에 확신을 얻었다. 마족은 반드시 온다.

어떻게든 공주를 확보해야한다.

그것을 위해서라면 대역죄인이든 뭐든 될 각오도 있다.

"각자 훈련한 대로 진형을 갖추도록. 어린놈이라고 얕보지 마라. ──강한 놈이다."

방심할 줄 알았는데, 역시 호위 기사는 달랐다. 명령을 내린 사람이 대장이겠지.

그렇지만 아무리 기사라도 처음부터 전력을 다하진 못한다.

다행히 나는 어린놈이다. 대장이 명령했더라도 방심을 유도할 수는 있다.

정체를 감춰야 해서 데비를 불러내지도 못한다. 즉 오로지 나 혼자 상대해야 한다는 말이다.

──재미있군.

불리한 상황일수록 더 타오르는 법이지.

──언내추럴.

나는 발판을 딛고 높이 뛰어올랐다.

밀크 선생님이 말했다. 기사가 강한 건 매일 훈련을 빼먹지 않기 때문이라고. 그러니 나는 그들에게 익숙하지 않은 공격으로 대응한다.

"1번, 2번, 앞으로. 3번과 4번은 좌우. 5번은 나를 따라와."

내 움직임에 호응하듯, 대장으로 생각되는 기사가 지시를 내렸다.

머리보다 몸이 먼저 반응했는지, 재빨리 진형을 펼쳤다.

지시가 정확하고 명확했다.

옳지, 그렇게 나와야 재밌지. 나는 그냥 한 명씩 쓰러뜨려 나가면 된다.

"이 도둑놈이!"

높이 들어 휘두르는 내 검에 맞추어 기사 중 한 명이 방어 자세를 취했다.

하지만 고작 그 정도로 지금껏 내가 해 온 노력의 성과를 막아낼 수 있다고 생각하지 마라!

검 끝에 마력을 실어서 상대의 검을 일격에 파괴했다.

옆에서 두 번째 기사가 검을 비스듬히 베고 들어왔지만, 언내추럴로 받아냈다.

기사는 체격이 좋다. 연습할 때도 신장이 비슷한 자들끼리 싸웠을 것이다.

그러니 나는 근거리에서는 몸을 낮춰서 싸워야 한다. 그들이 한 번도 겪은 적 없을 정도로 낮게.

듀크, 너와 벌인 전투가 지금 제일 도움이 되고 있어.

"이, 자식이!"

기사들의 협동 공격은 만만치 않았다. 한 명이 당할 것 같으면 교대할 기사가 뒤에서 앞으로 나온다. 하지만 느리다.

우선 발차기로 균형을 무너뜨린 다음, 넘어지려고 할 때 칼등으로 기절시켰다.

두 번째도 같은 방식으로 처리.

갑주는 방어 면에서는 뛰어날지 몰라도 시야가 좁아지는 단점이 있다. 특히 인간의 눈은 상하 운동에 약하다.

이것도 전부 밀크 선생님에게 배운 것이다.

내가 대장을 노리는 걸 알았는지, 기사들이 그를 지키기 위해 서둘러 앞으로 나왔다.

"마법 사용을 허가한다! 죽여도 상관없다!"

대장이 지시를 내리자, 나도 모르게 웃음이 나왔다.

왜 마법을 아껴두나 했더니만, 마법 사용에 제약이 있었군.

하지만 이미 늦었다——.

"화참(火斬)——."

불의 검을 피해서 세 번째 기사를 기절시켰다.

네 번째 기사는 방어 마법을 펼쳤다.

타임 랩스 덕분에 빈틈이 확실히 눈에 들어왔다.

방어 마법을 파괴해서 기절시킨 후, 다섯 번째도 처리, 이젠 대장만 남았다.

"네놈! 목적이 뭐지?"

나는 대답하지 않았다. 그리고 몇 초 후, 대장도 바닥에 쓰러졌다.

조용히 호흡을 가다듬고 주위를 주의 깊게 관찰했다.

근처에 다른 인적은 없다. 본 사람도 없을 터다.

내가 마차로 다가간 순간, 갑자기 문이 먼저 열렸다.

문을 연 사람은 소피아 공주, 본인이었다.

어깨까지 내려오는 흑발, 하얗게 빛나는 피부와 진홍색 드레스.

원작에서는 세상에서 제일 아름다운 붉은 수정 같은 눈동자라고 묘사하는데, 정확한 표현이었다.

그리고 적당한 출렁.

이것도 똑같다.

"실력이 대단하네요. 어디서 보낸 거죠?"

"……."

"대답할 생각이 없나요? 그럼, 어서 나를 죽이세요. 이제……모든 게 다 지쳤어요."

소피아 공주는 당당했다.

그야말로 공주란 칭호에 어울리는 의연한 모습이었다.

원작은 그녀가 정쟁에 휘말려 지칠 대로 지친 상태였다고 묘사했었는데, 그래서인지 나 또한 누군가가 보낸 암살자라 생각하는 듯했다.

하지만 당당한 척해도 내게는 작게 떨리는 게 다 보였다.

그녀는 각오와 긍지를 가진 사람이다. 나도 이를 존중한다.

원래는 기절시켜서 납치할 생각이었지만, 그럴 필요는 없을 것 같았다.

"거친 수단이라 죄송합니다. 믿지 못하시겠지만, 저는 당신을 지키기 위해 온 사람입니다."

한쪽 무릎을 꿇고 정중하게 말했다. 이게 최소한의 예의라고 생각했기 때문이다.

당연히 소피아 공주의 눈이 휘둥그레졌다.

"……그게 무슨 말이죠?"

"오늘 밤, 공주님의 목숨을 누군가가 노리고 있습니다. 확실하진 않지만, 저와 함께 몸을 숨기는 게 어떠신지요. 적어도 이 보름달이 질 때까지만이라도."

"그런 꼴로 내게 그런 말을 하는 건가요? 나를 도울 생각이라면 모습을 감추지 말고 당당하게 드러내도록 하세요."

"죄송하지만, 그럴 수는 없습니다."

그때 근처에서 마력이 느껴졌다. 힘이 미약한 걸 보면 일반 시민이리라. 그래도 이런 장면을 들켜서 좋을 건 없다.

나는 공주님에게 다가가 냅다 둘러업었다.

"무, 무슨 짓이에요!"

"조금만 참으시죠. 잠깐 날겠습니다."

"날아? 꺄아아악?!"

언내추럴을 사용해서 하늘로 달려 올라간다.

다른 멤버들과 한데 모이고 싶었지만, 일단 안전한 곳으로 이동하는 게 우선이다.

적당한 바위가 보이자, 그 뒤로 이동해서 공주를 살짝 내려놓았다.

"죄송합니다. 흙이 묻은 것 같은데, 용서하십시오."

"……참 정중한 암살자군요."

"그야 암살자가 아니니까요."

『세실, 내 목소리 들려? 일단 작전은 성공했어.』

재차 연락했지만 대답은 없었다. 아직 범위 밖인가?

그래도 마차를 습격했을 때, 이미 내 목소리는 들렸을 것이다.

분명 상황은 제대로 전해졌을 거라 본다.

하늘을 올려다보니 대보름달이 붉게 빛나고 있었다. 시간이 얼마 남지 않았다. 이대로 아무 일도 일어나지 않으면 차라리 다행인데.

일단은 세실의 목소리가 들리는 거리까지 움직일까──.

"에잇."

그 순간, 공주가 내 가면을 확 잡아당겼다. 설마하니 이런 짓을 할 줄은 몰라서 방심했다. 하지만──.

"……우우, 치사해."

"이제 만족하셨습니까?"

나는 완벽주의자다. 이런 상황에 대비하여 가면을 여러 장 썼다.

공주를 상대할 생각에 긴장했었는데, 생각보다 어린애 같았다.

"에잇! 에잇! 에잇!"

공주는 내 말을 무시하고 둘, 셋, 넷, 계속 가면을 벗겨냈다.

나도 점점 화가 나기 시작했다.

이건 장난이 아니다. 우리는 목숨을 걸고 왔다.

"그만하시죠."

"다섯——."

"……적당히 하라고."

정신을 차리고 보니 나는 공주의 얼굴을 손으로 밀어내고 있었다.

……너무 심했나? 그러니까 사람 말 좀 듣지.

"부, 불경하게 무슨 짓이에요!"

"지금 제가 장난하는 것 같습니까? 대보름이 끝나면 무사히 성으로 돌려보내드릴 테니, 그때까지 얌전히 계시지요."

젠장. 원작에도 말괄량이라고 나와 있긴 했는데, 아무래도 진짜 그런 것 같다.

대담한 건지, 아니면 진짜 죽고 싶어서 막 구는 건지. 모르겠다.

"하, 딱히 돌아가고 싶지도 않으니까, 죽일 거면 빨리 죽여."

……빌어먹을.

이젠 경어도 귀찮아서 못 쓰겠다.

"뭐가 그렇게 싫은데? 말 한마디로 어른 여럿을 움직일 수 있는 지위에 있으면서, 뭐가 그렇게 불만이야?"

"이것 봐. 그게 원래 말투인가 보지? 오히려 격의 없어서 좋아."

"그거 다행이네."

"……확실히 모르는 사람들에게는 그렇게 보이겠지. 하지만 나는 태어날 때부터 자유 같은 건 없었어. 당연히 미래도 전부 정해져 있고. 어떤 일이든 내 의사는 하나도 들어가지 않아."

그녀는 정략결혼 때문에 진심으로 사랑하는 사람과도 헤어졌다는 설정이 있었다. 실제로 사적인 시간도 없을 것이다. 오늘 무도회도 정치적인 이유로 어쩔 수 없이 가는 거다.

뭐, 그런 뒷사정을 아는 사람은 나밖에 없겠지만.

분명 어렸을 때부터 쭉 불만을 품고 있었으리라. 그리고 종래에는 마족의 손에 죽는 운명. 물론 그렇게 두진 않을 거지만.

"당연히 나는 왕가의 사정 따윈 몰라. 그렇지만 미래는 정해진 게 아니야. 앞으로 일어날 수 있는 일도 전부 자기 하기에 따라 바꿀 수 있어. 난 그걸 증명하기 위해 왔고, 지금까지도 그렇게 살아왔어."

"그건 불가능해. 당신 목적이 뭔지는 모르겠지만, 나와는 상황이 달라. 이렇게 자유롭게 살고 있잖아."

"나는 정해진 미래를 바꾸기 위해 행동하고 있어. 너를—— 구하기 위해."

내가 힘주어 말하자 소피아 공주의 어깨가 살짝 떨렸다.

그러더니 슬픈 눈으로 시선을 피했다.

"……계속 살아봤자, 좋을 일도 없어."

그 모습을 보니 머리가 복잡해졌다.

이 녀석을 구해봤자, 자기가 죽고 싶다는 마음이 있는 한 미래는 바뀌지 않을지도 모른다. 그러면 곤란한데. 이걸 어떻게 할까…….

“내년에 서쪽 나라에서 어떤 음식이 인기를 끌 게 될 거야. 네가 좋아하는 스트로베리를 듬뿍 넣은 케이크지. 초콜릿에 메로멜론까지 아낌없이 들어가서 남녀노소 가리지 않고 인기를 끌고, 세계적으로 퍼질 거야. 죽으면 그것도 못 먹을 텐데, 괜찮겠어?”

“……느닷없이 무슨 소리야? 그걸 어떻게 알아?”

“그건 말할 생각 없고. 이제 좀 살고 싶어졌어? 네가 좋아하는 음식이잖아?”

“……별로.”

“어휴…….”

나는 원작을 통해 아는 지식을 조금씩 풀어놨다.

시나리오에 아무 영향도 주지 않는 무난한 정보들. 하지만 조금이라도 공주에게 기운을 줄 수 있는 이야기들을.

덕분에 공주가 조금씩 기운을 차렸지만, 아직은 부족했다.

그런데 마지막 한마디에 공주의 뺨이 움찔거렸다. 그건 내가 진짜 어떻게 되든 상관없다고 생각했던 이벤트였다.

“——그게 진짜야?”

“……맞아. 진짜야.”

“정말, 정말, 진짜?”

“그래, 틀림없어.”

“와, 그건 꼭 직접 두 눈으로 보고 싶네.”

“나 원, 어이가 없어서. ——하고 많은 이야기 중에 그게 궁금해? 일곱 빛깔 돼지가 왕도를 날뛰고 다니는 게?”

“꼭 보고 싶은걸. 일곱 빛깔 돼지는 처음 들어본단 말이야.”

“그야 그렇겠지만. ──음, 지금이 딱 좋네.”

“뭐가?”

“표정. 넌 역시 웃는 모습이 어울려.”

이렇게 보니 평범한 소녀잖아.

지금까지 나는 게임 속 캐릭터를 지킨다는 생각만 했다. 평범한 호위 임무에 불과하다고.

하지만 다르다. 나는 이것을 큰 죄라고 생각했다. 그런데 아니었다.

이건 그녀의 목숨을 지키는 행위다. 그렇게 생각하자 기합이 더 들어갔다.

“……고마워.”

“천만에.”

그리고 내 얼굴을 보더니── 또 가면을 벗기려 했다.

이 녀석이…….

“일곱 장째…….”

“사람 얕보지 마, 나는 바이── 크흠.”

“바이?”

“잘못 들었어.”

“……음, 어디서 들은 것 같기도 한데.”

“생각하지 마. 생각을 멈춰.”

하마터면 이름을 밝힐 뻔했다.

이 녀석, 방심할 틈이 없네.

"참 좋은 암살자네. 마음에 들었어."

"그래? 다행이네."

"……나를 노리는 놈들이 그렇게 강해?"

"강해. 하지만 걱정하지 마. ──내가 지켜줄 거니까."

"후후후, 믿을게."

공주와 합류하고 시간이 제법 지났다.

세실과 연락을 위해 최대한 성에 가까이 가려고 계속 주변을 살폈지만, 아직도 성문 근처에서 사람의 마력이 느껴졌다.

다행인 건 아직 아무런 소동의 기색이 없다.

기우라도 괜찮다. 아무도 죽지 않고 끝나는 거니까.

"이제 얼마 안 남았어. 무도회에 못 가는 건 미안하군."

"괜찮아. 어차피 내게 중요한 건 아니니까. 그보다 다음엔 언제 만날 수 있어?"

"다음이라니?"

"이렇게 자극적인 하루는 처음이야. 내가 안 죽고 살기를 바라지? 그렇다면 다시 날 찾아와. 안 그러면 죽을 거야."

"아까는 그런 말 없었잖아……."

"말했잖아? 말 한마디로 사람을 움직일 수 있다고. 나 지금 부탁하는 거야."

"치사하게……."

"우후후, 너 때문이야. 일곱 빛깔 돼지를 볼 때까지 나를 지켜야지.”

“하…….”

나도 모르게 웃음이 나왔다. 그리고 스스로 가면을 벗었다.

다시 한쪽 무릎을 꿇는다.

그게 그녀에 대한 예의라고 생각했기 때문이다.

“──판센트 가문의 장남, 바이스라고 합니다. 오늘 큰 무례를 저지른 점, 용서해 주십시오. 마족이 공주님을 노린다는 정보를 입수해서 거친 방법인 줄 알면서도 호위하게 되었습니다.”

“판센트? 그 유명한?”

으음…… 아직도 내 악명이 자자한 모양이군.

뭐, 어쩔 수 없지.

“굉장히 대단한 신예(新銳)가 나타났다는 얘기를 들은 적 있어. 그래. 당신이……. 그럼, 정말로 나를 지키러 온 모양이네. 고마워, 바이스 판센트. 오늘 일에 대해선 아무 죄도 안 묻고, 누구에게도 말하지 않을게. ──정말로 고마워.”

그 말에 나는 대답도 잊을 정도로 깜짝 놀랐다. 악명이 아니라 나에 대해 알고 있었다.

미래는 반드시 바꿀 수 있다. 그런 확신이 들었다.

“그런데 생각했던 것보다 잘생겼네. 가면을 안 쓰는 게 훨씬 나아.”

“감사합니다──.”

그때 하늘에서 기묘한 소리가 들렸다.

그리운 동시에 절망적인 소리였다.

——치지——직. ——치지지지——직.

——'재앙'이, 당도했다.

재앙의 출현은 예상했던 일이지만, 사태는 그 이상이었다.

예상을 뛰어넘을 정도로 큰 전이 마술로 인해 카를로스국 전체가 어둠으로 뒤덮이기 시작했다.

하늘을 올려다보니 상상을 뛰어넘는 엄청난 규모에 몸이 굳었다.

이게 무슨…….

당장 여기서 도망쳐야 한다. 그런데도 눈을 뗄 수가 없었다. 전이 마법에서 엄청난 마력이 느껴졌다.

카르타의 마력포와 비슷한 느낌이다.

직후, 하늘이 마치 대낮처럼 환하게 빛났다.

그 덕분에 전이 마법은 거대한 마력을 사출하기 위한 장치임을 알 수 있었다.

나라 전체를 뒤덮을 정도의 크기다. 마법 저항력이 있는 강한 사람은 살아남을 수 있어도, 저항력이 없는 사람은 죽는다.

"뭐, 뭐야, 저건……."

나는 서둘러 공주를 끌어안았다.

만약을 위해 몸으로 막아서 방어한다.

카를로스국 전체를 지키는 건 현재 내 능력으로는 불가능하다.

하늘에 무시무시한 마력이 모이기 시작했다.

천천히, 마치 절망감을 안겨주는 것처럼.

이내 곧 거대한 마력포가 나라 전체를 향해 발사되었다.

그러나 찰나의 순간에 방어 마법이 발동했다. 타임 랩스로 관찰하니 가히 완벽이라 칭해도 될 술식이었다. 아름답게까지 느껴질 정도였다. 마력포를 간단히 막아낸 것도 부족해서 술식 파괴까지 조합했다.

이런 일이 가능한 사람은——.

아니, 지금은 그런 생각을 할 틈이 없다.

공주를 둘러업고 성으로 다가갔다.

다소 위험해도 세실과 연락망을 유지해야 한다. 현재 상황을 확인하지도 않고 도망치는 건 어리석음의 극치다.

『재앙이 오고 있어. 다들 작전을 속행하면서 적에 대비해!』

목소리가 들리자마자 재빨리 세실에게 연락을 넣었다. 소피아 공주의 신병을 확보했다는 것, 그리고 결계에 대해.

『결계는 내가 준비한 게 아니야. 알렌이 준비한 거지. 판센트군의 작전을 들은 후, 다른 사람들의 도움이 더 필요하다고 판단한 것 같아. 나도 방금 알았어. 말하지 않았던 이유는 만약 무슨일이 생길 경우, 자기 혼자 죄를 다 짊어지려고 그랬대.』

『뭐, 그 자식이? ——여전히 멋진 건 다 가져가는군..』

역시 다르다고 해야 하나. 나를 넘어선 것 같은 기분에 조금 분했다.

하지만 그런 감상에 젖어 있을 시간은 없다. 하늘에 전이 마법의 구멍이 몇 개나 뚫렸다.

검마배와는 비교도 안 될 만큼 규모가 컸다.

작전은 무사히 성공했다. 그러나 진짜는 이제부터다. 나는 목숨을 걸고 소피아 공주를 지켜낼 것이다.

그런데 그 각오를 비웃기라도 하는 것처럼 잇달아 마물들이 내려오기 시작했다.

심지어 시나리오 종반에나 나오는 상급 마물들이었다.

몸집은 별로 크지 않지만, 한 마리, 한 마리가 무지막지하게 강하다.

굳이 비유하자면 예전에 싸운 미하엘 이상이다.

그런 놈들이 카를로스국으로 내려온다.

누군가는 막지 않으면 사람들이 희생될 게 뻔했다. 그러나 내가 지켜야 하는 건 그 누구도 아닌 소피아 공주다.

"나라가, 사람들이!"

『──괜찮아.』

마치 소피아 공주의 말에 대답하는 것처럼 세실이 말했다.

위기 상황임에도 불구하고 웃음이 흘러나왔다.

하늘을 향해 치솟는 인영이 보였다. 에바 에이버리와 밀크 아비투스였다. 마력포를 막은 것도 저들이리라.

핫, 알렌 자식, 도대체 어떻게 설득한 거지?

이러면 오히려 여기서 너무 떨어지지 않는 게 좋다.

작전대로 합류를 우선으로 생각하자.

그렇게 생각한 순간, 바로 머리 위 상공에 전이창이 나타났다.

원작을 떠올려 본다. 아무래도 소피아 공주의 마력에 반응한 건지도 모르겠다.

그곳에서 나타난 건 역시나 상급 마물이었다.

단단한 비늘로 뒤덮인 도마뱀족에 불사의 힘을 가진 언데드 몬스터.

"소피아, 나한테서 떨어지지 마. 그러면 반드시 지켜줄게."

"……응."

떨리는 몸을 애써 억누르려는 듯 쥐어 짜낸 말. 나도 모르게 손에 힘이 들어갔다.

비록 모습은 보이지 않아도, 내 곁에는 듬직한 녀석들이 있다.

나는 지금 내 앞에 있는 적을 물리치면 된다.

——힐 라이트 & 다크 라이트.

"마물 따위가, 머릿수로 나를 이길 수 있을 것 같아?"

상급 마물이 골치 아픈 건 용처럼 마법을 다룰 수 있다는 데 있다. 심지어 지능도 인간과 비슷한 수준이다.

그런데도 가슴이 환희로 떨렸다.

이 가혹한 상황이야말로 진정한 '노블레스 오블리주'다. 하지만 소피아 공주는 처음 보는 상급 괴물의 모습에 겁에 질려 있었다.

그래서 일부러 무시하듯 말했다.

“그 잘난 공주님도 마물은 무서운가 보지?”

“다, 당연하지!”

“——걱정하지 마, 내가 있으니.”

압도적인 전력 차이를 보여주면 소피아도 진정할 거다.

“기기기기——!”

오른손에 번득이는 사벨을 든 도마뱀족이 날 공격했다.

나는 언내추럴로 막은 다음 심장을 찔렀다.

혹시나 몰라서 머리를 잘라냈다. 이어서 언데드 몬스터를 겨냥한 다음, 순식간에 처리했다. 물론 부활하지 못하도록 빛의 마법을 부여하는 것도 잊지 않았다.

소피아 공주로부터 멀리 떨어지지 않도록 주의를 기울이며 적을 잇달아 쓰러뜨려 나간다.

그렇게 모두 죽인 다음, 땀을 훔쳤다.

제1진은 끝이다. 참혹한 사체만이 남았다.

하지만 너무 과했던 걸까.

소피아 공주는 반대로 겁에——.

“굉장해…… 정말 굉장해! 이렇게 대단할 줄이야! 당신, 진짜 강하구나!”

역시 공주님은 다르군. 배짱이 제법 두둑한데?

“하지만 이제부터 시작이야.”

상급 마물 정도는 호위 기사도 처리할 수 있다. 즉 이후에 마족이나 더 강한 마물이 나타날 것이다.

각 문에서 대기하고 있던 멤버들은 나처럼 마물을 퇴치하느라 여념이 없으리라.

세실의 연락이 없는 걸 보니 전투 지휘로 바쁜 게 분명했다.

하늘을 올려다보니, 마치 무한 증식이라도 하는 것처럼 마물들이 잇달아 나오고 있었다.

소름 끼치는 광경이지만, 거기에는 엄청난 마력을 끌어모은 밀크 선생님과 에바가 대응 중이다. 어떤 마물이라도 저 두 사람이라면 질 리가 없다.

소피아 공주는 나처럼 하늘을 올려다보고 있었다.

“……..”

“안심해. 저 두 사람은 절대 안 지니까.”

“……당신보다 강해?”

“지금은.”

그러기를, 바라고는 있지만.

그때 세실에게 연락이 왔다.

『판센트 군, 그쪽은 어때?』

『마물과 좀 싸웠어. 상황을 알려줘.』

『부상자가 조금 나왔어. 마물은 많지만, 에바 선배와 밀크 선생님 덕분에 피해는 더 커지진 않았어. 우린 그동안 말도 안 되게 강한 사람에게 배우고 있었던 거야.』

원작에서 밀크 선생님은 최종장에 가서야 활약하는 캐릭터다.

에바도 그렇고, 지금 여기 있는 것 자체가 말이 안 된다.

『동감이야. 신티아랑 다른 사람들은?』

『각자 최선을 다해 대처하고 있어. 현재로서 마족은 안 보이지만, 방심은 금물. 알렌과 샤리가 남문에서 오고 있으니까, 판센트 군은 시계 방향으로 돌아서 와줘.』

『그래.』

샤리의 함정과 마법은 압도적인 수비력을 자랑한다. 게다가 인정하고 싶지는 않지만, 알렌의 모방 능력은 우리 중에서 가장 응용력이 뛰어나다.

그 둘과 합류하면 우리가 이긴 거나 마찬가지다.

"이제 이동할 거야. 아까처럼 날아서."

"알았어. 괜히 짐만 돼서…… 미안해."

"사과할 필요는 없어. 그래도 모든 일이 마무리되면 감사 정도는 받고 싶군."

"그쯤이야 얼마든지."

"뭐야, 아까랑 태도가 완전히 다르잖아."

소피아를 등에 업고 다시 하늘을 달렸다.

그때 저 멀리 상공에서 카르타의 모습이 보였다. 너무 빨라서 지나갔다는 걸 인지하는 게 고작이었다. 그녀는 비행 마물을 엄청난 마력포로 요격했다.

가차 없군.

이 정도 사태라면 우호국인 오스트라바 왕국에서 이미 기사와 마법사를 보냈을 것이다.

힐끔, 달을 보았다. 조금만 더 버티면 우리의 승리다.

소피아의 암살은 왜 하필 이날인가. 물론 이유가 있다.

대보름날, 마물은 그 어느 때보다 큰 마력을 얻을 수 있다. 믿는 구석이 있기에 이렇게 대담한 행동을 하는 것이다.

"——저긴가."

알렌과 샤리가 남문 근처에서 마물과 싸우고 있었다.

수가 제법 된다. 알렌은 몰라도 샤리의 마법은 이동하면서 사용하기에 불리하다.

아마 함정을 설치할 틈도 없을 것이다. 조금 도와줄까.

"소피아, 움직일 거니까 꽉 잡고 있어."

"으, 응!"

하늘에서 바람의 참격을 쏘았다.

내 마력을 감지한 알렌과 샤리는 참격을 피하려고 높이 점프했다.

그 직후, 마물들의 목이 날아갔다.

달려가서 말을 건넨다.

"잘했어."

"큰일 날 뻔했잖아, 바이스?! 그러다 죽으면 어쩌려고 그래?!"

"너희라면 피할 줄 알았거든. 실제로도 그랬고. 안 그래?"

"그렇긴 하지만……."

"혹시라도 죽었으면 후대까지 저주했을 거야."

다소 과하긴 했는지, 알렌은 당황해서 어쩔 줄 몰라 하고 샤리는 나를 노려봤다.

결과만 좋으면 다 좋은 것 아닌가?

바로 그때 샤리는 깜짝 놀라며 한쪽 무릎을 꿇었다. 알렌 역시 허둥지둥 무릎을 꿇었다.

“무례를 용서해 주십시오, 소피아 공주님.”

“소, 송구합니다.”

귀족답게 품위 있는 행동거지를 갖춘 샤리와 대조적인 알렌. 보고 있자니 재미있다.

“괜찮아요. 그보다 감사해요. 큰 죄가 될지도 모른다는 것을 알면서도 나를 지켜주려 했다는 것 알아요. 노블레스 마법 학원의 여러분은 소문대로 훌륭한 마음가짐을 가지신 분들이군요.”

“다, 당치도 않습니다! 그냥…… 어쩌다 들킨 거야?”

샤리는 환한 미소를 뿌린 후, 나를 쏘아보았다. 대답할 말이 없으니 일단 무시하자.

“알렌, 상황은 어때?”

“릴리스는 이미 듀크와 합류해서 성 근방에서 교전 중이래. 오린은 일반 시민들의 피난을 돕고 있고.”

“그래. 대보름달이 지기까지 이제 한 시간도 안 남았어. 그동안 마족들은 계속 공격을 가해 올 테니까 마지막까지 방심하지 마.”

“물론이지.”

문득 알렌의 손에 들린 검이 눈에 들어왔다.

“그게 토너먼트 상품으로 받은 녀석이냐?”

“빛 때문에 좀 눈이 부시지? 성검이라고 부르기로 했어.”

이것도 아티팩트다. 다만 무시무시한 형상을 한 내 검과 달리, 주인공이라고 강하게 주장하는 것처럼 빛나고 있었다.

빛의 성질인가. 원작에서는 본 적 없는, 이질적인 마력이었다.

한편 샤리는 반지를 받은 모양이다. 정령의 힘을 증폭시키는 효과다. 손이 자유로운 이점이 있다.

신티아는 아직 실용 단계가 아니라고 해서 노블레스 마법 학원에 놔두었다. 듀크는…… 어차피 근거리 무기겠지.

다들 원작보다 강해졌다.

“뭘 그렇게 봐?”

“돼지 목에 진주 목걸이 같아서.”

“그게 무슨 뜻이야……?”

이런, 말이 통한다고 해서 속담까지 통하지는 않는 건가?

그 순간 하늘에 거대한 전이 마법이 떠올랐다.

드디어 나타났군. 그곳에 나타난 건 반가운 동시에 화가 나는 마물이었다.

“용…….”

알렌이 나지막이 중얼거렸다.

예전 일이 떠오른다. 가진 힘을 한계를 넘어서까지 쥐어 짜내서야 간신히 물리칠 수 있었던 상대다. 지금이야 그때보다 강해졌지만, 녀석이 얼마나 무시무시한지 잘 알고 있었다.

저절로 손에 힘이 들어가고 호흡이 빨라졌다. 바로 그때 세실의 목소리가 들렸다.

『오린이 하늘은 자기와 카르타에게 맡기라고——.』

하늘을 올려다보니 카르타의 지팡이에 탄 오린이 용을 향해 가고 있었다.

여타 창작물과 달리 '노블레스 오블리주'의 용은 무시무시할 정도로 강하다.

내가 직접 몸으로 겪어서 잘 안다.

카르타의 마력포로도 물리치기는 어렵다.

설마…… 아냐, 말도 안 돼.

그 예상을 부정하는 것처럼, 오린이 용을 향해 뛰어내렸다.

"……설마?"

알렌도 그 모습을 발견한 모양이었다.

절망의 붉은 불길이 오린을 향해 쏟아지는 것을 아슬아슬하게 피하더니 용의 머리 위에 내려섰다.

마치 원작을 플레이하는 것처럼 가슴이 뛰었다.

사역하려면 마물의 마음을 이해하는 건 물론이고 능력적인 면에서도 뛰어나야 한다.

복종시키려면 흔들림 없는 마음과 힘이 필요하다는 말이다.

"천재잖아."

오린은 무려 용을 사역하는 데 성공했다. 마력의 성질이 변하기 시작했다.

용의 등에 올라타서 불길을 조종하면서 마물을 처리해 나간다.

그 광경에 나도 모르게 미소가 새어 나왔다. 그리고 가까이에서 그런 오린을 서포트하는 카르타도.

누가 상상이나 했을까. 저 두 사람이 온몸이 후들거리는 사지에, 최전선에 있다니.

그러나 '노블리스 오블리주'는 한순간의 안도도 허용하지 않는다.

하늘에 생긴 거대한 전이 마법이 다섯 개. 그곳에서 발이 보였다.

──드디어 나타났군. 다음은 우리 차례다.

"온다."

검마배의 재앙 때 본 칠화죄(七禍罪)만 있는 게 아니었다.

금발에 예쁘장하게 생긴 남자, 비파.

차가운 눈으로 우리를 내려다보는 갈색 머리 여자, 스루스.

커다란 체구에 분기탱천한 모습의 흑발 남자, 라콤.

그리고 두 명 더── 우리는 모르는 놈들이다.

짧은 금발에 다리우스처럼 체구가 크다.

그리고 또 한 명의 외모는 내가 잘 아는 사람과 판박이었다.

알렌과 샤리도 그 모습을 본 모양이다.

아니, 지금 이 자리에 있는 노블레스 오블리주 마법 학원의 모두가 알아차렸다.

긴 생머리 은발, 투명할 정도로 하얀 피부, 흡사 서양 인형처럼 예쁜 얼굴,

에바 에이버리가 하늘에서 내려온 것이다.

환각, 환술, 변신, 의태, 그 모든 것을 부정할 정도로 똑같았다.
게다가 에바처럼 압도적인 마력까지 느껴졌다.
그런데 그녀의 머리에는 마족임을 뜻하는 검은 뿔이 나 있었다.
도대체 뭐가 어떻게 된 거지?
영문을 모르겠다. 하지만 이래야 내가 좋아했던 게임이지.
절망의 연속이어야 제패했을 때 더 감동적인 법이다.

——자, 덤벼. 누가 되었든 반드시 쓰러뜨려 주마.

◆

하늘에서 내려오는 마족, 그 모습을 보고 제일 놀란 사람은 바이스도 알렌도 세실도 밀크도 아닌, ——에바 에이버리였다.
“……왜, 어째서…… 에바…… 그리고…… 킹……?”
늘 미소를 잃지 않는 에바가 지금은 눈에 띄게 당황하고 있었다.
그 모습을 본 밀크가 에바 옆으로 다가간다.
“어떻게 된 일이지? 왜 에바가 두 명? ——에바, 이게 무슨 일이냐?”
에바는 밀크의 질문에는 대답하지도 않고, 그저 하늘을 올려다본 채 침묵만 지키고 있었다.
그리고 누구에게도 들리지 않는 목소리로 속삭였다.
“둘이…… 살아 있었다고? 아니, 그럴 리가. ——그러면 가짜

겠군.”

에바는 엄청난 마력을 끌어모았다. 처음 보는 살의를 감지한 밀크는 반사적으로 경계 태세를 취했다.

에바는 혼자 날아오르더니 곧장 마족들을 향해 날았다.

밀크가 아무리 불러도 멈추지 않았다.

에바는 마족을 향해 다가가면서 마력을 높였다. 그 직후, 에바의 등에 마력으로 만들어진 손이 나타났다. 그리고 그 모든 손에서 무시무시한 마력이 쏟아져 나왔다.

“너무 갑작스럽잖아?! 어이, 넬!”

“응, 나도 알아. 킹.”

그 모습을 본 마족들은 서로 무슨 말인가 주고받더니 방어 마법을 펼쳤다.

에바의 마법과 충돌한 순간, 굉음이 울려 퍼졌다.

“——어이쿠, 굉장한걸.”

표정이 일그러진 킹 옆에서 넬이라 불린 여자가 에바와 쏙 빼닮은 미소를 지었다.

“정말 넌 노력가구나.”

마찬가지로 넬이 마력을 높이자, 에바와 똑같은 마력의 손이 나타나더니 마법을 쏘아대기 시작했다.

에바와 넬, 서로의 마법이 동시에 부딪쳐 상쇄되면서 하늘에서 폭발하자, 굉음이 터졌다.

모두 하늘을 올려다보고 있었다. 마치 연쇄적으로 폭탄을 퍼붓는 것 같은 소리와 위력.

언제 나라가 멸망해도 이상하지 않은 마력의 충돌이었다.

마침내 두 에바는 서로 마주했다.

먼저 입을 연 건 머리에 검은 뿔이 달린 넬이었다.

"오랜만이네. 그런데 모습이 왜 그래? 혹시 나를 동경했어?"

"……어떻게 내 기억을 훔쳤지?"

"후후, 이래저래 생각이 많구나. 근데 틀렸어. 난 진짜야. 저기서 거만 떠는 바보를 봐. 누군지 알지? 잘난 척하는 것도 여전하고 이해할 수 없는 말을 하는 것도 똑같아."

에바는 킹에게 시선을 주었다. 분명 과거의 기억과 일치하는 얼굴이다.

쓰레기장에서 인형을 빼앗았던 일, 최악 중의 최악이지만 최고였던 곳.

말 한마디, 한마디가 가슴을 후벼파는 것 같았다.

과거의 기억이 주마등처럼 스치고 지나간다.

"너희가 진짜라고? 웃기지 마. 킹이 죽은 걸 내 눈으로……."

그 말을 들은 넬의 표정이 살짝 어두워졌다.

"아~ 물론 죽었지. 썩은 인간들의 이기심에 의해. 하지만 되살아났어. 이렇게 마족의 모습으로 말이야."

"……아직도 그런 기만을."

"정말이라니까~. 네가 계속 날 찾아다닌 것도 알아."

에바의 호흡이 빨라지기 시작했다. 환각 마법을 본 경험은 있다.

하지만 지금 눈앞에 있는 두 사람은 마력으로 만들어진 게 아니라는 걸 알 수 있었다.

"지금 자세히 얘기하긴 힘들어. 어쨌든 지금의 나는 '넬'이라고 하니까, '에바'는 네게 줄게. 있지, 에바, 우리와 함께 가자. 우리는 그 시절과 전혀 달라지지 않았어. 이 망할 세상에서 자유롭게 살고 싶다는 생각도 그대로야. 그래서 네가 도와줬으면 좋겠어. 우리는 그 목적을 위해 움직이고 있어. 오직 그 하나의 목표 때문에 여기 온 거야. 지금은 꽤 혼란스럽겠지만, 네가 이해하길 바라."

"……무엇을 위해?"

"물론 자유를 위해서지. 그 누구도 고통받지 않는 미래 말이야."

그 말에 에바의 심장이 거세게 뛰기 시작했다.

그 쓰레기장에서 유일하게, 늘 앞을 보고 나아가던 그녀는 지금도 변하지 않았다.

그 목소리가, 오른손이, 뻗어온다.

"이리 와, 에바. 너만 오면 우리의 꿈이 완성되는 거야. 할머니도 기뻐하시겠지."

하지만 에바는 그 손을 잡지 않았다.

"나는 여전히 널 못 믿겠는데."

"그러면 직접 와서 확인해 봐. 물론 그 전에 해야 할 일이 있지만."

"소피아 공주가 목적인가?"

"어머, 알고 있구나. 맞아. 꼭 필요한 일이지."

에바는 말문이 막힌 것 같았다. 그때 마지막 쐐기를 박듯 킹이 입을 열었다.

"쟤한테 갑자기 이런 말을 한들 어차피 이해 못 해. 그냥 시간을 두고 천천히 하는 게 낫지 않겠어?"

"──킹, 네가 공주를 찾아와. 에바는 내가 상대할 테니."

"흠, 그러지 뭐. ──에바, 난 얼마든지 기다리마. 다시 만나지."

그 말을 남긴 후, 킹은 마족 셋을 이끌고 지상으로 내려갔다.

하지만 거기에 맞춰 방어 마법이 전개되었다. 마력포가 직격, 그 공격을 가한 밀크가 킹을 막아섰다.

"서로 아는 사이인 것 같다만, 결국 내가 할 일은 변하지 않는 거 같군?"

"크크큭, 너희 먼저 가라. 이 녀석은 내가 맡지."

킹이 미소를 짓자, 밀크는 마력을 끌어모았다.

그 옆에서 에바가 살짝 움직인다.

오른손을 꽉 쥐고 있었다.

"얼마 전의 나라면 따라갔을지도 몰라."

"응? 무슨 말이야?"

"……나는 지금 노블레스 마법 학원의 선배로서 여기 왔어. 도와달라고 부탁받았거든. ──나는 이미 자유롭게 살고 있어. 나는 내 의지를 관철할 거야. 네가 진짜인지 아닌지는 쓰러뜨리고 나서 생각해 볼게."

에바가 다시 마법을 쏘았다. 넬은 그 공격을 받아내더니 미소를 흘렸다.

"──옛날 생각나서 좋네. 그곳에서는 힘이 곧 전부였지. 하지만 우리는 약했어. 그래서 자유를 얻기 위해 싸웠지. 좋아, 에바. 나를 이기면, 네가 원하는 걸 다 얘기해 줄게."

◆

뭐가 어떻게 된 건지 모르겠다. 저 높은 상공에서 두 에바가 싸우고 있었다.

규격을 벗어난 마력으로 서로를 공격하고 있다.

환각인가? 아니, 그건 아니다.

더는 생각하지 말자. 지금은 소피아 공주를 지키는 것만 생각하자.

그 순간 익숙한 마력과 모습이 보였다. 릴리스와 신티아였다. 조금이지만 마음이 놓였다. 무사히 합류한 건가.

"바이스, 늦어져서 미안해요. 소피아 공주님, 처음 뵙겠습니다. 비올레타 가문의 신티아라고 하옵니다."

"바이스 님, 기다리시게 해서 죄송해요. ──그런데 저건 뭐죠?"

릴리스도 알아봤는지 하늘을 올려다보았다. 대답은 할 수 없었지만, 지금은 깊이 생각하지 말라고 했다. 이러고 있는 동안에도 원군이 이쪽으로 오고 있을 것이다.

조금만 더, 앞으로 조금만 더 버티면 된다. 하지만 그렇게 두지 않겠다는 듯, 하늘에서 강한 마력이 느껴졌다. 그곳에는 검마배에서 본 세 마족이 서 있었다.

"오랜만입니다. 모두 모이신 것 같군요."

"크하하, 상당히 강해진 것 같군!"

"그래? 별로 안 달라졌을 텐데?"

내게 귓속말을 한 비파, 화염구를 던지는 라콤, 전이창을 가진 스루스다.

그때는 그저 필사적이었다. 하지만 지금은 다르다. 이 순간을 위해 칼날을 갈아왔다.

나는 바로 검을 겨누었다.

릴리스도, 신티아도, 알렌도, 샤리도.

지금이 가장 중요한 고비다. 마력 소비량을 도외시한다면 녀석을 소환하는 게 좋을 것 같다.

"데비비!"

하늘에서 검은 물체가 나타나나 싶더니 퐁 하고 데비가 모습을 드러냈다. 등의 날개가 평소보다 바짝 서 있다. 의욕이 넘친다는 뜻이리라.

이제부터가 시작이다.

"——다들 가자. 훈련의 성과를 보여줄 때다."

"""""알았어."""""

신티아가 냉기를 끌어 올리자, 우리의 등에 얼음 날개가 돋기 시작했다. 이것은 신티아와 샤리의 연계 마법이다. 지금까지 우리는 각자의 무기와 마법으로 싸웠다.

그렇지만 오늘은 서로의 강점을 발휘할 때다.

"샤리, 소피아를 부탁한다."

샤리를 제외한 모두가 하늘을 날았다.

우리는 이미 학습했다. 저번 재앙에서는 하늘을 나는 마족을 그냥 올려다보는 것 말고는 아무것도 할 수 없었다. 하지만 이번은 다르다.

이건 원작에서 한 번도 본 적 없는 연계 기술이었다.

"오, 흥미롭군요."

"나는 엄호를 맡을 테니 앞은 두 사람이 맡아줘~."

"핫! 스루스는 겁쟁이군. 비파, 능력은 해제한 거냐?!"

"상황 봐가면서 하려고요."

마족은 여전히 태연한 얼굴을 하고 있었다. 하지만 여유를 부릴 수 있는 것도 지금뿐이다.

『상공에서 두 에바가 싸우고 있지만, 현재로선 큰 변화는 없어. 밀크 선생님은 다른 마족과 싸우고 있어. 오스트라바 왕국의 왕도에서 궁정 마법사에 궁정 기사, 우호국에서도 속속 원군이 도착하고 있고. 카를로스국의 병사도 응전하고 있으니까, 시간만 벌면 이길 수 있어. 그러니까 무리하지 마.』

세실의 목소리가 들렸다. 어떤 상황에서도 냉정하게 우리를 안심시켜 주는 절묘한 타이밍이다.

정말 뛰어난 녀석들만 모여서 흠잡을 데가 하나도 없다.

"바이스!"

"나도 알아."

나와 알렌이 먼저 앞으로 나섰다. 사전에 세웠던 작전은 가능한 한 2인 1조로 움직인다는 거다.

파트너가 주인공인 건 마음에 들지 않지만, 훈련 때 한 작전 성공률을 바탕으로 세실이 내린 판단이다.

장기 말로 움직이는 이상, 나는 말을 아낄 생각이다.

우리는 비파를 상대했다. 신티아와 릴리스는 라콤. 예전에 어마어마하게 큰 화염구를 던진 놈이다.

전이창의 여자가 후방인 것도 모두 세실의 예상대로.

좌우로 흩어진 나와 알렌은 공중에서 방향을 전환하면서 비파를 포위했다.

위로 도망쳐도 아래로 도망쳐도, 설령 방어하더라도 타임 랩스로 전부 파괴해 주마.

괘씸하지만 알렌도 나와 똑같이 할 수 있다.

"봐주지 마, 알렌!"

"당연하지!"

"예전보다 훨씬 세련되게 변한 것 같아서 다행이군요."

용과 싸웠을 때를 능가하는 연계 작전이다. 이대로 죽거나, 아니면 능력이 있으면 어디 한번 보여 봐!

"——이러다 죽겠는데요."

거리를 좁힌 순간, 비파는 그때처럼 눈앞에서 홀연히 사라졌다.

내 옆에 갑자기 나타났을 때와 똑같다. 하지만 이것을 보는 건 두 번째.

물론 이 또한 예상했다. 그래서 타임 랩스를 사용한 것이다.

"알렌, 어때?"

"──순간이동은 아니야. ──속도가 빠른 것뿐."

"그래, 나도 같은 생각이야."

저 높은 상공, 비파는 눈을 휘둥그레 뜨며 놀라움을 감추지 못했다.

크큭, 마족도 저런 표정을 지을 줄 아나 보군.

"들켰잖아. 너무 많이 보여준 거 아니야?"

"……그러게요. 마왕님의 예상도 빗나갈 때가 있군요."

"비파, 마왕님을 욕하는 건 용서할 수 없어."

"그런 뜻으로 한 말이 아니잖아요."

우리 옆에서는 신티와 릴리스가 눈으로 따라잡기조차 힘든 속도로 라콤에게 공격을 퍼붓고 있었다.

라콤은 덩치가 커서 힘만 좋은 줄 알았는데, 의외로 민첩한 몸놀림을 선보였다.

"재미있군. 인간들은 시간만 있으면 이렇게 강해진다니까! 이건 확실히 마족과는 다른 점 같아!"

그런데 라콤은 그 모든 공격을 다 피하더니 송곳니처럼 생긴 덧니를 드러내며 웃어댔다.

녀석의 말대로 마족은 태어날 때부터 서열이 정해져 있다.

강한 녀석은 태어날 때부터 강하다. 그렇지만 우리 인간은 노력하면 강해질 수 있다.

그게 마족과는 다른 점이다.

"신티아 님!"

"──네, 알아요."

릴리스가 던진 나이프에 신티아가 얼음을 부여했다. 속도와 위력을 겸비한 연계 기술이다.

이 세계에서는 혼자 싸우는 게 더 드물다.

즉석에서 팀을 꾸리더라도 가장 적절한 해답을 찾듯 두뇌와 마력을 단련한다.

지금 이 자리에 없는 오린과 카르타, 듀크도 마찬가지로 싸우고 있을 것이다.

"이건 힘들겠군! ──화염 갑옷."

피하기 어렵다고 판단했는지, 화염을 갑옷처럼 온몸에 둘렀다.

떨어진 곳에 있는 나도 무의식적으로 고개를 돌릴 정도로 엄청난 열파였다.

얼음 속성인 신티아에게는 많이 힘들 것이다.

라콤의 능력은 무엇보다 공방일체라 다루기 쉽다.

"라콤, 능력 사용은 아직 허락하지 않았는데요."

"너도 사용했잖아! 긴급 사태라고!"

"뭐라는 거야──. 적당히 안 하면 마왕님이 가만히 안 두실 거야.”

스루스가 손을 들자, 하늘에 전이창이 열렸다. 안에서 상급 마물이 나타났다.

이 여자의 마력량은 아예 차원이 다른 것 같다. 어마어마한 양을 소비하는 전이창을 이렇게 간단히 만들다니.

그때 샤리의 함정이 발동하는 소리가 들렸다.

시선을 아래로 돌리니 마물이 포획된 게 보였다.

샤리의 마법은 그 무엇보다 마물에게 가장 큰 힘을 발휘한다. 무수한 함정, 그 모든 함정이 소피아 공주를 지키고 있었다.

그때 비파가 빠른 속도로 다가왔다.

라콤도 화염을 두른 상태로 신티아와 릴리스에게 돌격한다.

지금이 가장 중요한 고비라는 건 마족들도 마찬가지라는 건가.

“알렌, 녀석을 죽인다.”

“물론이지.”

핫, 이제 꽤 내 취향에 맞게 변했군.

비파는 지금껏 본 적 없는 흑검을 꺼냈다.

마족이 즐겨 사용하는 특수한 무기다. 적을 물리치고 목숨을 빼앗을 때마다 점점 더 강해진다.

태어난 이후로 마력량이 변하지 않는 마족에게는 파격적인 무기인 셈이다.

『듀크와 오린이 마물을 처리하면서 그쪽으로 가고 있어. 이제 곧 합류할 수 있을 거야.』

세실의 목소리를 들으면서 눈에 보이지 않을 만큼 빠른 속도로 비파와 공격을 주고받는다.

"데비비!"

데비가 오른팔에 달라붙었다. 원시적이지만 불사신이기에 가능한 기술이다.

그런 다음, 데비는 중력 마법을 시전했다. 비파의 오른팔이 기우뚱 기우는가 싶더니 자세가 무너졌다.

"넌 정말 뛰어난 녀석이야!"

일격이 정확히 들어갔다. 그러나 비파는 빠른 속도로 회피, 데비를 뿌리쳤다.

그런데 뒤에서 목소리가 들렸다. 비파는 알렌에게 붙잡혀 있었다.

"……크윽."

이제까지의 여유로운 미소는 온데간데없이 분한 얼굴을 하는 비파.

"뭐야, 좋은 표정도 지을 줄 아네."

"……인간 주제에 건방지군요."

"네놈들에게 게임오버가 뭔지 가르쳐 주마."

◆

저 높은 상공, 에바와 넬은 일진일퇴의 공방을 주고받고 있었다.

그러나 표정은 명확하게 대조적이다. 에바는 고통스러워 보이고, 넬은 미소를 짓고 있었다.

"——제법이네. 도대체 얼마나 연구하고 노력한 거야? 나와 킹이 없어져서 상당히 슬펐나 보네."

에바는 아무 대답도 하지 않았다. 입을 열면 다가갈 것 같아서다.

"옛 친구와 대화도 못 하는 건 너무 슬프지 않아? 그래도 이렇게라도 수다를 떨 수 있으니 좋네. 자, 게임도 종반이 가까워진 것 같으니 슬슬 결판을 내볼까."

넬은 그렇게 말하더니 방대한 마력을 끌어모았다.

하지만 거기에 호응해 에바도 똑같이 마력을 늘렸다.

"——후후후, 둘이 똑같네."

에바는 아무 말 없이, 그대로 넬에게 마력을 날렸다.

밀크는 킹과 싸우고 있었다.

"이 자식, 인간 주제에 엄청 강하잖아?"

"마족도 우는소리를 할 줄 아나 보군. 아니면 예전에 인간이라서 감정이 남아 있는 건가?"

밀크의 한마디에 킹의 표정이 돌변했다.

"정곡을 찔렀나 보네. 마족 중에도 단순한 녀석이 있었군."

"이, 이 자식! 치사하게!"

"부하가 이런 걸 보니 마왕도 별거 아니겠군."

"너 진짜 가만히 안 둬!"

킹은 마력을 끌어모으며 이를 갈았다. 그 모습을 본 밀크는 평소처럼 덤덤한 얼굴로 검을 겨누었다.

"덤벼라, 변변찮은 놈. ——네게 인간의 힘을 보여주마."

밀크는 검에 화염을 실었다. 몸에는 얇은 물의 막을 두르고 있다.

그 모든 것이 고밀도의 마력으로 뒤덮여 있었다.

"——시답잖은 인간이 마족을 이길 수 있을 것 같냐?"

"인간을 버리고 편한 쪽을 선택한 녀석다운 대사군."

"웃기지 마!"

◆

『판센트 군, 서문에 근위병들이, 동문에는 우호국의 병력이 도착했어. 모험가들 덕분에 마물도 거의 다 제거했어. 승리가 머지않은 것 같아.』

세실로부터 수시로 보고가 들어왔다. 우리가 상당히 유리한 형세인 것 같다.

"——자, 마족들, 절체절명의 상황이다. 어떻게 할래? 얌전히 집으로 돌아가서 마왕에게 울며 매달리는 게 좋지 않을까?"

"비파, 우리를 무시하는데?"

"좀 가만히 있어요."

“크하하, 게임이란 건 참 어렵군!”

내 도발에 대꾸한 라콤의 말을 듣자, 마음이 동요했다.

게임이라고? 여기서 그 단어는 ‘배틀 유니버스’를 같은 걸 가리키는 단어다.

하지만 저들이 쓰는 뉘앙스는 마치——.

그런 생각을 하고 있는데, 등에 달린 얼음 날개에서 파직, 소리가 났다.

슬슬 한계인가.

모두에게 얘기하고 지상으로 내려섰다.

지금 이곳에 있는 멤버를 돌파해서 소피아 공주를 죽이는 건 쉽지 않을 것이다.

대보름도 막바지다.

그래도 마지막까지 방심해선 안 된다.

“스루스, 작전대로.”

“게임은 최종전으로 돌입——.”

“크하하, 효과음까지 더해 볼까!”

쿵——!

다음 순간, 검은 전이창이 소피아 공주의 발밑에 펼쳐졌다.

마치 구덩이처럼 생긴 함정 같다. 그녀는 끌려 들어가듯 사라졌다.

나는 재빨리 손을 잡았다. 빨아들이는 힘이 너무 세서 나까지 끌려갈 것 같았다.

방심하지 않았다. 그런데도 이런 일이 가능하다니.

도대체 어디로 이어진 거지?

생각해. 생각을 멈추지 마——.

"바이스!"

구멍이 닫히기 직전에 알렌이 같이 뛰어들었다.

전이창 너머는 어둑한 공간이었다. 주변의 형태조차 파악할 수가 없었다.

"어, 어디야, 여기는……?!"

소피아 공주의 당황한 목소리가 들렸다.

"걱정하지 마. 우리가 있어. 알렌, 경계를 늦추지 마."

"알았어."

마침내 시야가 환해지기 시작했다. 주위를 보니 커다란 입방체 안이었다. 사방이 온통 검은색으로 뒤덮여 있어서 마치 상자 속에 갇힌 것 같다. 타임 랩스로 살펴보니 이곳이 결계 안인 것을 알 수 있었다. 그렇다고 파괴해서 탈출할 수 있을 것 같진 않지만.

그런데 바로 근처에서 마력이 느껴졌다. 이것은…… 신티아팀이다.

……어떻게 된 거지? 장소가 바뀐 게 아닌가?

그리고 사방의 벽에서 다시 모습을 드러낸 건 비파, 라콤, 스루스.

그래, 여기 가둔 건 방해를 받고 싶지 않아서구나.

"최상위 결계 안에서 공주를 죽일 거야. 간단하지만 좀 치사하긴 해.”

“크하하! 그래도 덤이 둘이나 따라왔잖아!”

“하아, 피곤해…… 더는 마력이 없어. 5분 이상 유지 못 하니까, 빨리 해.”

이 결계 안에서 소피아 공주를 지켜야만 한다.

하지만 시간을 말한 건 이 녀석들의 실수다.

나와 알렌은 전력을 다할 수 있지만, 스루스의 마력이 다 떨어졌다는 건 현재 싸울 수 있는 마족은 둘뿐이라는 뜻이다.

5분 정도라면 우리가 이길 수 있다.

결계가 사라지면 신티아팀과도 합류할 수 있다.

그리고 알렌 역시 눈치챈 것 같았다.

“알렌, 5분이다. 모든 마력을 다 사용해. 어떻게든 버텨라.”

“그래——.”

하지만 그런 나와 알렌의 각오를 비웃는 듯한 일이 일어났다.

아니, 그래서 일부러 5분이라는 말을 한 건가.

“——옛 친구와 재회했는데 시간이 다 됐다니. 어머, 킹, 뭔가 타는 냄새가 나는 것 같지 않아? 게다가 그 꼴은 또 뭐야.”

“시끄러워! 결판이 나질 않았다고. 젠장, 결국 치사한 방법으로 쟁취한 승리라니. 지는 것보다는 낫지만.”

갑자기 검은 벽에서 에바를 빼다 닮은 여자와 노발대발한 짧은 머리 남자가 나타났다.

——넬이라고?

그리고 킹이라 불린 남자의 너덜너덜한 모습을 보고 깨달았다. 그 기술은 밀크 선생님이 전력을 다해 싸울 때 사용하는 기술이다. 그 공격을 받고도 죽지 않았다니.

"아……아……."

압도적인 마력에 소피아 공주도 느낀 것 같았다.

자신이 죽는다는 것을.

그런데도 나는 떠올리고 있었다. 그 용과 싸웠을 때를.

그날, 그때의 우리는 불가능을 가능하게 만들었다.

알렌은 내 옆에서 검을 겨누고 있었다. 떨지도 않고, 겁을 먹지도 않고, 마족들을 쏘아보고 있다.

넬은 그런 우리를 보고 미소 짓고 있었다.

보면 볼수록 에바를 쏙 빼닮았다. 그뿐만 아니라 등에는 에바처럼 마력의 손이 날개처럼 펼쳐져 있었다.

모든 손에 마력과 속성이 부여되어 있다.

만약 모든 게 똑같다면 우리는 최강과 싸우는 셈이 된다. 그리고 복수의 마족들과도.

그래도—— 주인공이라면.

"데비비!"

그래, 너도 있지.

"바이스, 우리라면 할 수 있어."

"물론. 그러니까 소피아, 나를, 아니, 우리를 믿어. 반드시 널 지킬 테니."

소피아 공주는 공포라는 감정을 애써 억누른 채, 몸을 떨며 내 뒤에 숨었다.

그녀가 미래를 살아가도록 부추겼으니, 지키는 것 또한 내 임무다.

불가능을 가능하게 바꾼다.

그것이 '노블레스 오블리주'의 묘미다.

두고 봐. 내가, 우리가, 시나리오를 박살 내고야 말 테니.

◆

바이스, 알렌, 소피아 공주가 결계로 들어가고 나서 3분이 지났다.

근처에는 신티아, 릴리스, 카르타, 듀크, 오린, 에바와 결계에 손바닥을 댄 채 눈을 감고 있는 밀크의 모습이 있다.

이미 신티아팀이 일제히 공격을 가했지만, 꿈쩍도 하지 않았다.

밀크에게 마지막 희망을 걸었지만, 조용히 고개를 저었다.

"이 결계는…… 힘으로 어떻게 할 수 있는 게 아니야. 완전히 이질적인 거라고. 에바, 넌 어때?"

"……같은 의견입니다."

"그럴 수가……! 바이스와 다른 사람들이 안에 있어요?! 밀크 선생님, 어떻게 할 방법이 없을까요?!"

신티아가 평소와 달리 평정심을 잃고 외쳐도 밀크 역시 뾰족한 수가 없었다.

"답답하지만 기다릴 수밖에 없다. 다만 나랑 싸우던 녀석이 갑자기 사라진 걸 봐서는 아무래도 안에 있는 것 같군."

"……아마 넬도 마찬가지겠지."

에바의 말을 듣고 모두의 표정이 어두워졌다.

"뭐, 너무 절망적으로 생각할 건 없다. 이 결계를 유지하는 힘이 점점 약해지고 있어, 길어봐야 2분일 거다. 아직 해제되지 않은 건 놈들이 아직 목적을 달성하지 못했다는 의미기도 하지. 결계가 사라지는 순간 바로 대응한다. 다들 준비해."

"2분……."

신티아의 한마디에 듀크가 분노로 가득한 주먹으로 결계를 마구 때렸다.

"제길, 제길, 제길제길제길!"

엄청난 위력, 그런데도 꿈쩍도 하지 않았다.

릴리스가 듀크를 말렸다.

"세 분 모두 무사하실 거예요. 그분들이 빠져나올 때를 대비해 최대한 마력을 온존해야 해요."

◆

"……알렌, 살아 있냐."

“어…….”

나와 알렌의 몸은 이미 한계를 넘은 상태였다.

피를 흘리고 온몸의 뼈가 부서지고 가진 마력을 전부 쏟아부어도 공격을 막는 것조차 벅찼다.

원작을 알고 있기에 잘 안다. 이미 시나리오 종반을 뛰어넘는 위력이다.

더 이상 쥐어 짜낼 마력도 없어서 숨을 쉴 때마다 폐가 비명을 질러댔다.

“데비…….”

“……넌 아주 잘했어.”

데비가 마력의 편린이 되어 흩어졌다.

지금까지 살아남을 수 있었던 건 데비가 몸을 던져가며 지켜주었기 때문이다.

불사신을 이용해서 최전선에서 싸워준 덕분에 몇 번이나 궁지에서 벗어날 수 있었다.

그렇지만 현재 상태로는 더는 불가능했다.

“흥미로운 사역마네. 우리를 상대로 2분이나 버티다니, 칭찬해 줄게.”

“흥미롭다는 건 동의한다만, 넬, 너 너무 봐주는 거 아니냐?”

“오해야. 아무래도 마왕님이 한 말이 사실인 거 같네.”

마족들은 가벼운 대화를 나누며 우리를 보고 있었다.

특히 에바를 닮은 여자, 넬의 기술은 상상을 초월했다. 공격을 막은 건 알렌의 모방 덕이었다.

넬이 마지막 일격을 가하듯 마법을 날렸다.

알렌과 함께 방어 마법을 외웠지만, 적의 마법이 부딪치자 그대로 부서지면서 간단히 파괴되고 말았다.

다음은 못 막을지도 모른다.

그런데——.

"알렌, 그때 생각나지 않냐?"

"그러게. 우리라면 할 수 있어."

우리의 눈은 아직 죽지 않았다.

밖에는 동료들이 있다. 설사 팔다리가 없어지는 한이 있더라도 소피아 공주를 지켜내고 말 것이다.

"우후후, 재미있네."

넬이 에바와 똑같은 미소를 지었다.

나와 알렌은 마지막 남은 힘을 쥐어 짜내서 검을 겨누었다.

그때 소피아 공주가 외쳤다.

"——부탁이 있어요. 내가 지금 이 자리에서 자결하겠어요. 그 구경에 대한 대가로 이 두 사람의 목숨을…… 제발 살려주시면 안 될까요?"

그 말을 듣고 놀란 마족들은 서로 얼굴을 마주 보았다.

넬이 입을 열었다.

"어머 우스워라. 네게 그럴 각오가 있다면 해 봐."

뒤를 돌아보니 소피아 공주가 자기 심장에 손을 올리고 있었다.

“야, 무슨 짓이야?”

몸을 뒤덮은 마력은 거의 제로에 가깝다. 손에 모든 마력을 끌어모았다.

“――바이스, 그리고 알렌, 정말 고마워. 마지막으로 당신들과 만나서 다행이야. 이렇게까지 해줬는데, 정말 미안해.”

“하지 말라니까?”

“그래! 끝까지 포기하지 마!”

하지만 소피아 공주는 대답을 기다리지 않고 마력을 발――.

“――뭐, 뭐 하는 거야, 바이스……?!”

“……미래는 바꿀 수 있어. 끝까지 포기하지 마!”

나는 소피아 공주를 향해 달려가 언내추럴을 그녀의 손과 심장 사이에 밀어 넣어 방해했다.

“에이, 재미없어라.”

마족들은 그 틈을 놓치지 않고 공격했다.

나는 무방비 상태. 알렌이 재빨리 끼어들었지만, 막을 방도가 없는 건 마찬가지다.

그럼에도 나는 옆으로 뛰어올랐다.

마지막 순간까지 발버둥 칠 것이다. 소피아 공주가 살아날 가능성만 있다면.

“앗, 바이스……!”

“주인공 자식이, 끝까지 멋진 척은.”

남은 마력을 있는 대로 다 긁어모아.

마지막의 마지막까지——.

그때 내 심장에서 두근, 하는 소리가 났다.

처음 느끼는 감각. 하지만 아주 그리운 느낌.

동시에 목소리가 들렸다.

처음 듣는 목소리 같지만 동시에 낯설지 않다.

그것은 '나'의 목소리였다.

——제법이군.

뭐 하다 이제야 나오는 거냐?

——기껏 나와줬더니, 왜 이렇게 쌀쌀맞아?

도와 줄 거면 일찍 나오라고.

——늦지 않게 나왔잖아?

젠장, 그런 소리나 할 거면, 이 상황부터 어떻게 좀 해봐——바이스!

——내가 왜? 이건 네 이야기잖아.

웃기지 마! 이건 네가 시작한 거잖아!

——그래 뭐, 덕분에 재미있는 구경을 했으니까.

◆

폭발과 동시에 굉음이 울려 퍼졌다.

나는 죽음을 각오했다. 아마 바이스도 마찬가지일 것이다.

그러나 나는 살아남았다.

한 번도 본 적 없는 방어 마법이 날 뒤덮고 있었다.

그야말로 완벽에 가까운 마법. 샤리를 아득히 능가하는 실력이었다.

도대체 누가? 아니, 이걸 할 사람은 바이스밖에 없다.

"——이놈 얼굴은 오랜만에 봐도 짜증 나는 건 여전하군."

"바이스……?"

"지쳤으면 거기 퍼져있어. 대신 오늘 본 건 놈에게 말하지 마라. ——미래를 위해서는 몰라야 해."

직후 바이스가 사라졌다.

아니, 그게 아니다. 이전의 바이스를 아득히 능가하는 속도로 움직이고 있다.

그가 어느새 마족들 한가운데 서 있었다.

대체 무슨 일이 일어난 거지?

"처음 보는 녀석이 있네. 뭐 봤어도 기억 못 하겠지만."

"어느 틈에?! 뭐 해, 죽여!"

넬이 외치자, 마족들이 일제히 공격을 퍼부었지만, 바이스는 여유롭게 발을 굴러 피했다.

근접 공격은 몸을 놀려 피하고, 마법은 방어 마법으로 간단히 막아낸다.

극소량의 마력으로도 쓸 수 있을 만큼 정밀하게 설계된 마법을 영창한다.

어떻게 저런 일이 가능하지?

"뭐가 이렇게 느려터졌어?"

그 후로도 바이스는 마족들끼리 손발이 얽히게 유도하며 근거리에서 검을 계속 휘둘렀다. 마족은 바이스의 움직임에 농락당하는 탓에 여유가 없다.

바이스는 에바 선배와 밀크 선생님을 뛰어넘는 경지에 있다.

어떻게 하면 저런 움직임이.

"대단해……."

소피아 공주 역시 자기도 모르게 중얼거렸다.

그 순간, 넬의 공격이 다시 이쪽을 향해 다가왔다.

재빨리 방어 태세를 갖추었지만, 바이스가 무시무시한 몸놀림으로 다시 돌아왔다.

그리고 마법을 베어냈다.

"바이스, 너, 어디서 그런 힘이……."

"크크큭, 네놈이 그런 표정을 짓는 걸 보는 것도 오랜만이군. ──어디, 나도 한 번 써볼까?"

곧이어 바이스는 몸에서 어둠의 마력을 발하기 시작했다.

뒤이어 오른발로 '힐 라이트 & 다크 라이트'를 발동했다. 나아가 왼발로 처음 보는 마법진을 그린다.

그 순간, 결계 내의 사방팔방에서 30이 넘는, 악마 비슷한 놈들이 나타났다.

그것을 본 마족들이 당황했다.

“어이, 넬, 이건 뭐야.”
“……이건 별로, 재미있지 않은 상황이네.”
데비와는 다르다. 좀 더 무시무시한 외모를 가진 악마들이다.
마력은…… 데비 그 이상이었다.
도대체 언제 이런 걸 사역한 거지?!
“너…… 누구야?”

“보면 모르겠어? 바이스 판센트다.”

"하아아앙……아앗!!"

계기는 기시감이었다.

나는 망할 마왕의 손에 죽었다. 그런데 정신을 차리고 보니 바로 눈앞에 여자가 엎드려 있었다.

아니, 정확히는 민망한 모습으로 밧줄에 묶여 있었다.

"바이스 님…… 무슨 일이라도 있으세요?"

고개만 살짝 옆으로 돌려서 나를 돌아본 여자가 걱정스럽게 물었다.

눈동자는 반짝거리고 금색 머리카락은 부드럽게 나부끼고 있다. 어디선가 본 적이…….

아니, 릴리스다. 메이드인 릴리스 스칼렛.

"지금 뭐 하고 있지?"

"뭐……를 말이죠?"

주위를 둘러본다. 이곳은 전에 내가 살았던 저택이 분명했다.

왜지? 이미 허물었을 텐데.

그보다 내가 왜 살아 있지?

부활한 건가? 마왕의 재생 마법?

아니, 그렇다면 릴리스가 있는 건 이상하다.

……잠깐.

"릴리스, 일단 옷부터 입어."

“아, 네.”

“……제비스는 있나?”

“아, 네. 아마 식사 준비를 하고 있지 않을——.”

“크크크, 하하하하하핫.”

“바, 바이스 님?”

그 후, 나는 제비스와 대면했다.

나를 배신한 빌어먹을 놈. 하지만 그건 나중의 일이다.

“바이스 도련님…… 오늘 요리는 특별히 마음에 드셨습니까?”

“뭐?”

나도 모르는 사이에 접시는 깨끗하게 비어 있었다.

오랜만에 먹는 건데, 이렇게 맛있었던가?

“그럭저럭.”

“그렇습니까. 감사합니다.”

“제비스, 아버지는?”

“일하고 계십니다. 무슨 용건이라도 있으신지요?”

“아니야, 됐어. 그보다 부탁이 있는데.”

“무엇이든 말씀만 하십시오.”

“전송, 전이, 시간 마법에 관한 마법서를 모아줘. 아무리 돈이 많이 들어도 괜찮아.”

“——알겠습니다. 당장 모아오겠습니다.”

잘 모르겠다. 잘 모르겠지만, 핫, 최고야.

틀림없다. 나는—— 지금 2회차 인생을 살고 있다.

다음 날, 창문으로 쏟아지는 햇살에 눈을 떴다.

한 번 죽고 나니 이렇게 사소한 일도 감사하게 느껴지다니.

그 망할 마왕이.

……잠깐? 이대로 똑같이 반복하면, 나는 똑같은 최후를 맞는 건가?

그 재수 없는 알렌에게 무시당하면서?

그건 마음에 안 드는데.

그날 이후로 나는 마법에 관한 책을 닥치는 대로 읽었다.

"바이스 님, 늦은 밤까지 힘드시겠어요."

"……그래."

릴리스는 여전하다. 외모도 목소리도.

지금 겪는 모든 게 환술이나 환각인가 의심했지만, 아무리 생각해도 이상했다.

내가 한 번 겪은 일이 완전히 똑같다는 건 이상하다.

그때 딱 하나, 작게 적힌 문헌을 발견했다.

"……타임 루프(시간 주유)?"

몇 초 전으로 시간을 되돌리는 수상쩍은 마법이었다.

신빙성은 없고, 그런 마법이 존재한다고 보기도 어렵다.

그렇지만 만약 그런 짓이 가능하다면, 내가 그런 현상에 빠졌다면, 지금 상황을 설명할 수 있다.

하지만 시간을 되감았다는 건, 똑같이 하면 똑같은 흐름으로 흘러간다는 의미.

　──계속 지기만 하는 건 성미에 안 맞단 말이지.

　나는 지금까지 노력이라는 건 해 본 적이 없지만, 복수를 위해서라면 주저하지 않는다.

　그날 이후로 나는 노력하기 시작했다.

　제비스에게 검을 배웠다.

　쉽진 않았지만, 그만큼 재미도 있었다. 그 자식, 가르칠 때는 엄하단 말이야.

　무도회에서 신티아와 만났다. 여전히 아름다웠지만, 신랄한 폭언을 들었다.

　하긴 내가 한 짓을 생각하면 당연한 반응이었다.

　노블레스 마법 학원의 입학시험이 무사히 끝났다.

　결국 알렌 자식을 이기지는 못했다.

　하지만 이제부터다. 진짜 싸움은.

　학원은 여전히 포인트 제도였다.

　젠장, 다른 녀석들은 점점 강해지고 있다.

　도대체 나한테 부족한 게 뭐지?

　"그, 그만해."

　"카르타, 걸리적거리지 마."

　예전처럼 카르타가 퇴학당했다.

　다른 녀석들은 점점 강해지고 있다.

신티아와 알렌은 여전히 사이가 좋다.

……마음에 안 들어.

"여어, 바이스, 잘 지내냐?!"

"손대지 마, 덩어리 자식아."

이상하게 듀크 자식은 그렇게까지 싫진 않았다.

짜증 나는 녀석인 건 여전하지만.

──패배하고 또 패배한다.

왜? 어째서? 이 녀석을 이길 수가 없지?

내가 노력까지 하고 있는데.

빌어먹을…… 도대체 뭐가 문제냐고!

시간이 흘러, 간신히 중급생으로 진급했지만, 나는 이미 낙오자였다.

이전 생과 달라진 게 아무것도 없다. 주위 사람들은 날 두고 점점 강해지고 있다.

오늘 나쁜 짓을 저질렀다.

포인트가 늘어났다. 어쩔 수 없다. 이런 일도 필요하다.

──샤리가 죽었다.

시끄러운 녀석이었지만, 강한 의지를 갖고 있었다.

──듀크가 죽었다.

이전과 똑같다. 한심하긴. 동료를 지키다가 죽다니, 참 너답다.

──오린이 죽었다.

이전과 똑같다. 동료의 방패막이가 되는 게 무슨 의미가 있다고 그러지?

──세실이 죽었다.

모두를 지키겠다니, 그딴 건 이상에 불과하다.

모두 '재앙'에서 비롯된 일이었다. 나는 아무것도 하지 못했다. 그저 동급생이 죽어 나가는 것을 보고만 있었다.

어쩔 수 없잖아. 내가 뭘 할 수 있는데?

뭘 할 수 있냐고!

"바이스, 할 수 있어. 우리라면."

알렌은 신티아와 함께 곧장 달려갔다.

빌어먹을 노력밖에 모르는 놈들.

S급 모험가, 밀크 아비투스도 필사적으로 싸웠다. 그러나 저런 재능을 가진 놈은 죽었다 깨나도 내 심정은 모를 거다.

결국 나는 혼자였다. 조금이나마 변한 게 있다면 제비스에게 배신당하지 않은 것 정도.

그마저도 저택을 떠나버렸지만.

그래도…….

"바이스 님, 잘 지내셨나요? 조금 여위신 것 아니에요?"

"……기분 탓이야."

릴리스는 조금 다정했다.

예전보다 다정했다.

젠장.

——릴리스가 죽었다.

나를 도우려고 마족과 싸웠다.

뭐야, 이게. 예전에는 이렇지 않았잖아? 예전이 훨씬 더 행복했다고.

젠장, 젠장젠장.

"살 빠지니까 훨씬 낫군. ——바이스."

그리고 끝내, 마왕의 손에 다시 죽는다.

원통하다.

"바이스 님, ……무슨 일 있으세요?"

"릴리스……?"

"네?"

……뭐가 어떻게 된 건지 모르겠다.

3회차, 나는 노트에 그렇게 적었다.

그 후의 흐름은 이전과 크게 다르지 않았다.

그런데 이상하게도 입학시험에서 알렌을 꺾었다.

조금이나마 성장한 건가?

그렇게 다시 과거를 반복했으나, 결국 몇몇은 죽고 말았다.

나도 예외 없이 죽었다.

알렌이 어떻게 됐는지는 지켜볼 수 없었다.

──4회차.

몇 번을 반복해도 알렌은 늘 그렇듯 미련할 정도로 올곧은 놈이었다.

하지만 결국 나는 죽었다.

이전과 다른 점이 있다면, 조금이나마 세실과도 대화를 나누었다는 것.

그 녀석, '배틀 유니버스', 너무 강한 거 아니야?

──5회차, 6회차, 7회차, 8회차.

그 빌어먹을 마왕은 이기지 못한다.

아무리 노력해도 똑같다.

전부 똑같다.

그렇지만 내게는 시간이 있다.

대체 무슨 원리로 생을 반복하는 건지는 나도 모른다.

그래도 몇 번이든 도전해 주마.

──9회차.

"저기, 바이스, 그날, 왜 나를 도와줬어?"

"별일 아냐. 괴롭힘당하면서도 아무 말도 못 하는 겁쟁이를 보는 게 싫었을 뿐이야."

"그래…… 고마워. 마지막으로 이렇게 예쁜 하늘을 볼 수 있어서 다행이야. 비행 마법, 엄청 능숙해진 거 알아?"

“카르타, 다음엔 더 잘할 거야. 그러니까…… 이만 쉬어.”
“……후후후, 바이스는, 늘, 이상한 말을…… 하더라…….”
나 대신 마왕의 마법을 맞은 카르타가 서서히 돌로 변해갔다.
나는 카르타에게 하늘을 나는 즐거움을 배웠다.
넌…… 좋은 녀석이었어.
고마워. 다음에는, 반드시.

──10회차.
카르타를 다시 동료로 삼았다. 성적도 상위에 올랐다. 알렌과
도 어깨를 나란히 했다.
그런데도 나는 마왕 앞에 쓰러졌다.
뭐가 부족한 거지? 대체 뭐가!

──25회차.
“어이, 에바, 좀 도와줘.”
“말투가 건방지네, 후배군.”
“네가 있으면 이길 수 있어. 그리고 재미있는 일이야.”
“흐음, 재미있는 일이라.”
샤리를 구하면 신티아가 죽는다.
세실 대신 듀크가 죽는다. 오린이 죽는다. 카르타가 죽는다.
제길제길제길제길제길제길!
왜지? 왜 아무리 해도 안 되는 거지?

죽지 마. 죽지 마. 죽지 마. 죽지 마!

부탁이니까…… 제발 아무도 죽지 마.

──125회차.

"내가 앞장설게. 다들 나만 믿어."

"알렌, 무리하지 마라."

"난 괜찮아."

이번에는 반복 이래 제일 성과가 좋았다.

그 녀석에게 한 발 가까이 다가갈 수 있었다.

그러나 결국 실패했다.

나는 참 한심한 놈이야.

──1,245회차.

"……릴리스, 나랑 남쪽 바다에 같이 안 갈래?"

"전 상관없어요. 바이스 님과 함께라면 어디든 갈 거예요."

아무리 발버둥 쳐도 소용없었다.

내겐 이 난관을 극복할 만한 재능이 없다.

그렇게 평화로운 마을로 이주해 1년 정도 지냈으나, 결국 릴리스가 아이를 지키며 마족과 싸우다가 치명상을 입었다.

"바이스 님…… 죄송해요."

"아니야. 넌 잘못한 거 없어. 내가, 내가 전부 잘못한 거야……."

장소를 바뀌어도 결과가 바뀌지 않는다.

아무것도 바뀌지 않는다. 마지막은 항상 똑같다.

살아가는 의미가 없다.

내가 할 수 있는 건 아무것도 없다.

나는 불가능하다.

……나는? 내가 아니라면, 다른 녀석이라면.

가능하지 않을까?

누가?

누가 저 망할 마왕 놈을 쓰러뜨릴 수 있지?

……빌어먹을.

그리고 나는, 나를 버리기로 했다.

그 후로는 죽어라 마법 연구에만 시간을 쏟았다.

회귀를 반복하며 300년이 넘는 시간을 들여 완성했다.

"——이세계 전생 마법."

다른 사람의 영혼을 내 몸에 정착시키는 마법이다.

그러나 이 마법에는 치명적인 단점이 있다.

다른 영혼이 깃드는 부작용으로 내 의식이 완전히 소멸할 수 있다.

결국 기회는 딱 한 번뿐.

이 정체 모를 타임 루프도, 내 유일한 무기인 시간도 더 이상 내 편을 들어주지 않을 것이다.

나는 죽을 각오로 마력을 쏟아부었다.

이 징글징글한 이야기를 끝낼 수 있는 놈이 오기를.

너밖에 없어.

그 녀석들을, 내 동료들을…… 구해줘.

나는 이미 충분히 겪었다.

마법을 발동했다.

그것이 이번 회차의 최후였다.

“하아아아앙……아앗!!”

다시 눈을 떴다.

수천 번을 반복했으나 시작은 여전히 똑같았다. 릴리스가 묶여 있었다.

마법은 실패했다.

그런데 왜…… 목소리가, 안 나오지?

“어어어어어, 어떻게…… 된…….”

갑자기 내가 멋대로 떠들기 시작했다.

아니, 그게 아니야. 실패한 게 아니었다! 다른 녀석이 내 몸에 깃든 것이다!

그런데…… 어쩌다 이렇게 한심한 놈이 왔을까.

일생일대 단 한 번뿐인 기회가 허무하게 사라졌다.

아니, 사라진 줄 알았다.

이 녀석은 배운 적도 없을 회복 마법을 당연하다는 듯 사용했다.

……다른 세계에서 온 네가, 어떻게 그런 걸 알고 있지?

밀크 아비투스를 스승으로 맞아서 단련과 노력을 반복했다.

하 참, 이거 뭐 하는 녀석이지?

도대체 어떻게 이런 발상을 해낸 거야?

실전 테스트에서 세 명의 현상범을 박살 냈다.

의외로 배짱이 두둑한 놈인 듯싶었다.

이 녀석, 재미있는데?

그리고 이 녀석은 무려 신티아를 반하게 만들었다.

게다가 내가 수천 번 반복하면서도 얻지 못한 빛과 어둠 마법마저 익혔다.

"음, 어둠과 빛은——."

여기까지 와서도 내 의식이 남아 있음은 알아채지 못한 것 같지만.

가끔 멋대로 내게 말을 걸지만, 나는 아무 대답도 하지 않았다.

어차피 나는 이루지 못했던 미래다. 이 녀석에게 맡기는 게 낫다.

"카르타, 너라면 나를 잘 활용할 수 있을 거야."

카르타를 끌어들였다. 방식은 나와 비슷했지만, 이 녀석의 태도가 더 부드러웠다.

에바가 학원을 떠나지 않았다.

그 세실이 동료가 되었다.

——재미있군.

나는 하지 못했던 것들. 나는 이길 수 없었던 상대들.

이 녀석은 그걸 해내고 있다.

그러니 마지막까지 지켜보게 해줘.

가끔 의식이 사라진다. 기억이 희미해진다.

언젠가 나는 완전히 소멸할 것이다.

샤리가 살아남고, 오린과 친해지고, 악마를 사역했다.

정말 잘하는군. 내가 바라던 미래가 여기 있다.

대체 누구야 넌? 어떻게 이런 미래를 알고 있지?

그리고 대보름날, 내가 한 번도 지키지 못했던 소피아 공주를,

이 녀석은 어떻게든 지키려고 고군분투했다.

그런데——.

"에이, 재미없어라."

이 녀석이 새로 쌓은 미래에 균열이 생기려 한다.

하긴 지금 네 상태로는 힘들겠지.

——빌어먹을, 어쩔 수 없군.

도와주는 건 이번뿐이다.

어차피 내가 더 나서봤자 꼬이기만 할 테니까.

그 대신, 그 마왕 자식을 반드시 쓰러뜨려라.

——우선 소피아 공주부터 잠재울까.

"바이스. 무슨——."

"조용히 해. 말괄량이."

"너…… 누구야?"

내가 본격적으로 나서자, 알렌 녀석이 이변을 알아챘다.

오직 앞만 보고 저돌적으로 돌진하는 놈.

그런 점이 너다워.

그러고 보니, 내게 깃든 놈이 계속 중얼대던 ‘노블리스 오블리주’가 뭘 가리키는 거지?

뭐, 상관없나. 어차피 내 의식은 곧 사라질 텐데.

“보면 모르겠어? 바이스 판센트다.”

알렌은 멍한 상태였다. 몇 번을 다시 태어나도 이놈은 재미있다니까.

“결계가 사라질 때까지 내가 놈들을 상대할 테니, 넌 그 여자나 잘 지켜.”

“……죽지 마, 바이스.”

“하, 죽음 따위로 겁먹기에는, 나는 이미 너무 멀리 왔어.”

하나도 안 무섭단 말이다. 내 죽음 따윈.

◆

눈을 뜨면 낯선 천장이 보이는 클리셰.

그런데 지금 내 눈에 비치는 건 단순한 천장이 아니었다.

화려한 장식에 천개(天蓋)까지 달린 침대.

벽에는 값비싼 그림이 걸려 있고, 시야를 아래로 향하니 놀랄 정도로 비싼 카펫이 깔려 있다.

나 또한 명색이 귀족이다. 이게 얼마나 비싼지는 금방 알 수 있다.

그런데 왜 내가 이런 곳에?

"……뭐가 어떻게 된 거지?"

내 옆에는 신티아와 릴리스가 곤히 잠들어 있었다.

평소라면 벌떡 일어날 릴리스가 전혀 일어날 기미가 없다. 피곤한 건가?

깨지 않도록 조용히 침대에서 내려왔다.

맨발에 느껴지는 카펫의 감촉이 기분 좋다.

창문으로 밖을 내다보니 아름다운 시내가 펼쳐져 있었다. 낯익은 시계탑도 보인다.

"아직 카를로스국인 것 같은데……."

하지만 나는, 거리에 있지 않았던가?

그 순간, 신티아의 목소리가 들렸다.

"일어났어요?! 바이스, 몸은, 몸은 괜찮나요?!"

"괜찮아. 근데 대체 이게 어떻게 된──."

"바이스 님?!"

마찬가지로 릴리스도 벌떡 일어나더니 다시 나를 침대에 앉혔다.

마치 맥을 짚는 것처럼 내 팔을 잡는 신티아.

동양도 아닌데, 왜 그런 의학 지식이……? 대체 어디서 배운 건데?

"문제는 없는 것 같군요. 몸은 아프지 않나요? 위화감은 없어요?”

“그런 거 없어. 오히려 개운해.”

그러고 보니 누군가와 대화한 기억이 있는데, 구체적인 건 아무것도 떠오르지 않는다.

아!

“소피아는?!”

정작 중요한 부분이 생각나지 않는다.

나와 알렌과 소피아 공주는 분명 결계에 갇혔었는데——.

그때 문이 거칠게 열렸다. 소피아였다.

“바이스——?! 일어났구나?!”

사지가 멀쩡한 걸 보니, 별문제 없이 귀환한 듯했다.

“……살아 있었구나, 말괄량이.”

“누구더러 말괄량이라는 거야! 신티아 씨, 릴리스 씨, 갑자기 열고 들어와서 미안해요.”

“신경 쓰지 마세요. 걱정해 주셔서 감사합니다.”

뭐가 어떻게 된 건지 모르겠다. 누가 설명 좀 해줬으면 좋겠다 싶었는데 릴리스가 가르쳐 주었다.

“바이스 님은 쭉 잠들어 계셨어요. 그것도 사흘이나.”

“……사흘?”

“네.”

“농담이지?”

“정말이에요. 정말 사흘 동안 잠들어 있었어요.”

신티아의 진지한 눈을 보니 놀라움을 감출 수 없었다.

……아니, 그게 문제가 아니다. 어떻게 그 상황에서 살아남았지?

알렌이 뭔가 했나? 아니, 그럴 리 없다. 그 녀석도 절체절명이었다.

"소피아, 우리가 그 결계 속에서 어떻게 살아났지?"

"내가 그래도 공주님인데, 여전히 반말이네."

"불만이면 경칭이든 뭐든, 나중에 얼마든지 붙여줄 테니 어서 대답해 봐."

"실은…… 나도 정신을 잃어서 잘 몰라. 알렌도 정신없이 싸우느라 기억이 안 난다고 하고."

"그렇군. 알렌, 알렌은 어디 있어?"

"바이스, 진정하세요. 좀 더 설명해 줄게요."

"……그래."

결계가 풀린 후, 나는 의식을 잃고 쓰러졌다고 했다.

그 옆에서는 알렌이 소피아 공주를 꽉 끌어안고 있었고.

게다가——.

"뭐라고?"

"마족은 '이번 게임은 우리의 패배. 앞으로 소피아 공주에게 손을 댈 일은 없으니까 안심해'라는 말을 남기고 떠났어요."

릴리스의 말에 나는 더 혼란스러워졌다.

이 녀석들이 말하는 게임이란 역시…….

원작 '노블리스 오블리주'에서는 대보름날에 소피아 공주가 죽는다.

나는 그것을 알고 있었고, 그래서 더 미래를 바꾸려고 애썼다.

하지만 나는 마족들의 '게임'이란 표현에 위화감을 느꼈다. 심지어 라콤은 '효과음'이라는 표현을 썼다.

설마…… 마왕이 나처럼 원작을 알고 있나?

시나리오에 정해진 이벤트들을 '게임'으로 즐기고 있다고?

……아니, 아직 추측의 영역이다. 이것만으로는 결론을 내릴 수 없다.

"대보름이 사라지자마자 마족이 철수했어요. 남은 마물까지 전부요. 마족은 거짓말을 하지 않는다고 하던데, 그들은 아무래도 진심으로 그렇게 말한 모양이에요."

에바를 닮은 여자의 이름은 넬.

밀크 선생님과 싸운 킹.

놈들 역시 자신들을 칠화죄라고 자칭했다.

무엇보다 놀라운 건, 그 두 마족이 에바의 죽은 친구라는 점이다. 하지만 자세한 건 가르쳐 주지 않았다.

"……에바 선배는?"

"노블리스 마법 학원으로 돌아갔어요. 지금은 그냥 혼자 있고 싶대요."

"그렇게 슬픈 얼굴을 하는 건 처음 봤어요. 마지막으로 바이스 님에게 '답례를 기대할게'라고 전해 달라고 하셨어요."

그때 문득 떠올랐다. 이전에 동굴에서 마주쳤을 때, 그녀가 친구 이야기를 잠깐 언급했었다.

……근데, 답례라니?

그때 소피아 공주가 말을 걸었다.

"난 사실 뭐가 뭔지 하나도 모르겠어. 그래도 노블리스 마법 학원 일동의 공헌으로 내가 이 자리에 있는 건 확실해. 특히 바이스, 정말 고마워."

"나는 한 게 없어. 다 알렌이 준비한 거야."

"물론 알렌에게도 고맙게 생각하고 있어. 하지만…… 생을 포기할 생각이던 나를 막은 건 바로 너야. 진심으로 고마워. ──바이스 판센트."

소피아 공주는 진지한 눈으로 나를 똑바로 바라보았다.

……그래 뭐.

일단 한고비 넘겼다는 사실을 만끽하자.

게임이라면 이벤트 클리어, 여운에 잠겨 있을 만도 하지, 뭐.

뭔가 잊은 거 같지만, 뭐, 중요한 거면 생각나겠지.

"드디어 일어났군. 자는 걸 좋아하는 건 여전하구나."

열려 있는 문 사이로 누군가의 목소리가 들렸다. 밀크 선생님이었다.

내가 자는 걸 좋아해? ……아아, 그래, 수행할 때 툭하면 기절했었지.

"눈물 흘리며 제자의 생환을 기뻐할 장면 아닌가요?"

"눈물이 보고 싶으면 죽어서 와라. 한 방울 정도는 흘려주지."

여전히 매정하군.

그녀는 사람을 피해 가까이 다가오더니 내 이마를 손으로 짚었다.

말캉말캉한 마력이 밀려오는 게 느껴졌다.

"후유증은 없는 것 같군."

"그런 것도 알 수 있어요?"

"내가 누군지 몰라? 당연하지."

뭐가 당연한 건지 모르겠지만, 어쨌든 감사했다.

"더 열심히 훈련했으면 결계에 갇히지도, 왕녀를 위험에 빠뜨리지도 않았을 거다. 반성해라, 바이스."

"크큭, 그렇군요."

평소와 같은 말을 들으니 나도 모르게 웃음이 나왔다.

그동안 나를 다그치는 밀크 선생님이 있었기에 자만하지 않고 노력할 수 있었다.

그때 소피아 공주가 신나게 외쳤다.

"그럼, 예정대로 빨리 준비하도록 하죠!"

"……뭐를?"

"바이스, 어서 가요."

"바이스 님, 우후후, 좋아하실 거예요."

신티아와 릴리스까지 내 팔을 잡아끌었다.

복도를 지나 대식당이라고 적힌 문을 열자 놀라운 광경이 펼쳐졌다.

커다란 테이블 위에는 내가 좋아하는 음식과 과일이 즐비했다.

"메로멜론에 바나바나나, 수수박?! 바나난까지?!"

"주방장에게 부탁해서 준비한 거야. 전부 네가 좋아하는 것들이지? 신티아와 릴리스에게 듣고 나도 뭔가 해 주고 싶었어."

"핫, 역시 말 한마디로 사람들을 움직이는 공주님답네."

"불경한 건 여전하네. 하지만 그런 점도 마음에 들어. 자, 앉아. 앞으로도 음식이 계속 나올 거야."

억지로 상석에 앉긴 했지만, 영 불편했다. 그래도 뭐, 오늘 정도는 괜찮겠지.

그리고 밀크 선생님도 따라왔다. 오도카니 앉더니 야무지게 냅킨까지 챙긴다.

오, S급 모험가는 매너도 S급이구나.

아, 참, 그 녀석들은──.

"바이스, 깨어났구나! 다행이다."

"여어, 일어났구나, 일어났어! 마족과 싸운 얘기, 들었어?! 나도 열심히 하긴 했지만! 네가 그걸 봤어야 했는데!"

"안녕, 잠꾸러기."

알렌, 듀크, 샤리가 나타났다. 여전히 씩씩한 녀석들이다.

다친 곳은 없는 것 같군.

"너희는 어쩐 일이야? 공짜 밥 먹으러 온 거냐?"

"맞아, 맞아, 앗, 야?!"

"듀크."

“왜?”

“고맙다.”

이번 작전이 성공한 건 듀크 덕분이다.

판센트 가문의 유일한 전통, 감사의 마음을 전했다.

참 거추장스러운 전통이다.

“뭐야? 어이, 마족이라도 내려오는 거 아니야?! ——아얏?!”

“듀크, 이 바보야! 그걸 지금 농담이라고……!”

“그렇다고 때릴 건 없잖아, 샤리!”

목숨을 건 싸움이 끝난 지 얼마나 됐다고, 이 녀석들은 한결같다니까.

하긴 그게 제일 좋지.

그리고——.

“알렌, 물어보고 싶은 게 있는데.”

“나?”

“어, 그때——.”

그 순간, 문이 힘껏 열렸다.

“와앗, 일어났어?! 내, 내가 제일 먼저 말을 걸고 싶었는데에!”

“바이스, 괜찮아?!”

오린과 카르타였다.

우물쭈물하는 두 사람이었지만, 누구보다 최전선에서 마물에 맞서 싸웠다.

특히 오린의 모습은 놀라움 그 자체였다. 학원생일 때 용을 사역하다니, 이건 이미 원작을 뛰어넘었다.

두 사람이 없었다면 카를로스국은 심각한 피해가 났을 것이다.

너무 고마워서 고개를 못 들겠군.

……음, 방금 내가 이상한 말을 한 것 같은데……? 기분 탓인가. 그보다——.

"다들 사흘이나 여기 있었던 거야?"

"모두 바이스가 깨어나기를 기다리고 있었어요."

신티아의 말을 들으니 아무 말도 나오지 않았다.

그리고—— 물론.

"판센트 군, 안녕. 평소랑 똑같네."

"그래."

세실도 찾아왔다. 저번 재앙 때도 그랬지만, 그녀가 없었다면 마족을 격퇴하는 건 불가능했을 것이다.

늘 고맙게 생각하지만, 이번만은 특별히 뭔가 생각해 두도록 할까.

그러자 시야 가장자리에서 릴리스가 몰래 꼼지락거리는 게 보였다. 그녀의 손에 들려 있는 것은——.

"바이스 님, 축하 드려요!"

커다란 케이크였다. 게다가 메로멜론이 듬뿍.

한가운데에는 해피버스데이라고 적혀 있다.

내 생일이라니? 아, 그렇지. 바이스에게도 생일은 있겠지. 당연한 것을.

“고마워.”

“신티아 님이 바이스 님을 위해 준비하자고 말씀해 주셨어요!”

“그랬군. ──신티아, 고마워.”

“그런 말 말아요. 바이스가 눈을 떴을 때 웃는 모습을 보고 싶어서 그랬어요.”

식사 전에 그 녀석도 칭찬해 줘야지.

“데비비!”

“음, 잘 지냈냐?”

결계를 버틸 수 있었던 건 분명 데비 덕분이다.

이 녀석이 없었다면 소피아 공주는 죽었을 것이다.

첫 만남은 최악이었지만, 지금은 감사히 생각하고 있다.

“너도 열심히 했으니까 먹어. 너희도 이런 걸 먹는지는 모르겠다만.”

“데비!”

덥석 베어 무는 데비. 뭐야, 이 녀석도 식욕이 있구나.

머리를 쓰다듬자, 주위가 조용해졌다.

“바이스도 저런 표정을 지을 줄 아네.”

“그러게, 마치 엄마 같은 얼굴이야…….”

샤리와 듀크가 놀리듯 말했다.

……내가 그런 표정을 지었나?

“미소 짓는 바이스도 귀여워요! 너무너무 귀여워요! 못 참을 정도로!”

오랜만에 보네. 고뇌로 몸부림치는 신티아.

그리고 그날 먹은 음식은 내 인생 중 최고로 맛있었다.

아직 몸이 다 나은 건 아니라서 그날도 그대로 묵기로 했다.

그리고 완전히 잊고 있었는데, 소피아 공주의 호위 기사와 싸워서 제압한 일은 잘 넘어갔다고 한다.

아무리 재앙이 일어났다고 해도, 내가 공주가 탄 마차를 습격한 사실은 사라지지 않는다. 보통은 사형감이다.

그것 말고도 문제는 많이 있었지만, 밀크 선생님이 나머지는 어른에게 맡기라고 말했다.

머리가 혼란스러워서 염치 불고하고 그러기로 했다.

그날 밤, 잠이 오지 않아서 신티아와 릴리스에게 들키지 않도록 몰래 밖으로 나갔다.

성내의 건물을 연결하는 복도식 통로에서 걸음을 멈추고 하늘을 올려다본다. 아름답고 붉은 달. 하지만 대보름은 아니다.

나는 클리어한 것이다.

그렇지만 마족 중 단 한 명도 쓰러뜨리지 못했다. 게다가……

만약, 만약에.

마왕이 나처럼 원작을 알고 있다면 상황은 쉽게 호전되지 않을 것이다.

내가 카르타와 세실을 동료로 끌어들인 것처럼 마왕 역시 같은 짓을 한 건지도 모른다.

그렇다면 내가 모르는 마족만 있었던 것도 이해가 된다.

마왕 역시 이기기 위해 시행착오를 겪고 있는 것일 수도 있다.

……계속 생각해 봤자 뾰족한 답이 나오는 건 아니지만.

──저기, 바이스.

어떠냐? 나는 지금 잘하고 있는 것 같아?

……대답 좀 해.

그때 뒤에서 발소리가 났다.

돌아보니 익숙한 미소를 띤 녀석이 있었다.

"어이, 바이스. 너도 잠이 안 오나 보지?"

"알렌, 내가 너랑 같은 줄 아냐? 마족에 대해 생각 좀 하고 있었던 거야."

"그게 잠이 안 온다는 말이잖아?"

"쯧."

짧은 침묵 후, 나는 물었다.

"그때, 왜 도와줬어?"

"무슨 소리야? 네가 정신없이 싸웠잖아. 난 그냥 보고만 있었어."

"뭐? 내가? 말도 안 되는 소리하지 마."

"정말 기억을 못 하네. 하지만 그게 진실이야."

올곧은 알렌의 눈은 아무리 봐도 거짓말을 하는 것 같진 않았다.

"후우……."

고민해 봤자 소용없다. 정신없었던 건 사실이다.

과정보다 중요한 건 결과다.

인생에는 반드시 끝이 있다. 그 끝이 파멸로 끝나지 않도록 죽어라 노력하고 앞으로 나아갈 뿐.

"바이스, 우리 더 강해지자. 언젠가는…… 혼자 마족을 물리칠 수 있을 정도로."

"그래, 그래야지."

이 자식, 나랑 똑같은 생각을 하고 있잖아.

재수 없는 주인공 자식.

그런데 알렌이 갑자기 우물쭈물하기 시작했다.

"바이스……."

"왜?"

"그게……."

"……?"

이 자식, 왜 이러지?

머리로 생각한 게 바로 입으로 나오는 녀석이, 왜 이렇게 주저하지?

……뭐야? 무슨 일이라도 있었나?

"알몸이 되어도 괜찮지?"

"……뭔 소리야?"

"아, 아냐?! 내가 원한다는 게 아니라!"

"마족 놈이랑 싸우다 머리 다쳤냐? 하긴, 그날 잔뜩 맞기는 했지."

"……열심히 하자, 바이스. 곧 끝난다니까."

“대체 뭐가? 무슨 말이 하고 싶은데?”

“밀크 선생님이 귀신의 산으로 따라오래. 거기서 구루슈츠카를 처리하는 걸 보여주시겠다고 했어.”

“갑자기 그건 뭐 하러……. 아니 잠깐, 설마 너——?”

알렌이 어떻게 에바와 밀크 선생님을 설득했는지 의문이었는데, 이 녀석 설마 어둠의 거래를 한 건가?

제정신이냐! 구루슈츠카는 20m가 넘는 마물 곰이잖아! 전설급이라고!

이 자식, 미쳤어——.

“잠깐, 그려면 알몸 어쩌고는 또 무슨 이야기야?”

“에바 선배가 잊었으면 좋았을 텐데……. 바이스, 서로 많이 힘들겠지만, 그래도 열심히 하자. 마법 촬영 한 번만 견디면 돼.”

“야, 알렌! 무슨 소리냐고? 마법 촬영이라니!”

그날 알렌은 평소처럼 긍정적이지 않고 파멸적으로 절망한 얼굴을 하고 있었다.

『이제 곧 결계가 사라진다. 알렌, 그 녀석에게 내 얘긴 하지 마.』

『대체 무슨 일이 일어난 거야? 넌 누구고?』

『하, 모르는 척 순진한 표정 짓는 건 여전하군. 일일이 설명할 여유는——.』

『알았어.』

『——처음부터 그렇게 대답하라고.』

『어쨌든 마족에게 이기기 위한 거잖아?』

『당연하지, 빌어먹을 마왕을 꺾어야 하니까.』

『알았어. 아무에게도 말하지 않을게』

『한결같이 미련하게 올곧기는. ──잘 있어라.』

중급생으로 진급한 나는 천여 번 반복하여 보던 멤버들에게 조금 질렸다.

미련할 정도로 바르기만 한 알렌과 그의 곁을 떠나지 않는 신티아, 뇌까지 근육으로 된 듀크.

"알렌, 오늘은 잊은 물건 없죠?"

"아…… 미안, 신티아."

"못 말린다니까. 조금 더 주의하세요."

"젠장! 왜 나는 약혼자가 없는 거냐고ㅇㅇㅇㅇㅇㅇㅇㅇㅇ."

매번, 매번, 질리지도 않고 알콩달콩.

그때 누가 내 등을 툭 쳤다. 누구인지는 알지만.

"바이스, 안녕——."

"어."

"하여간에 매정하긴."

"아침엔 다들 졸린 상태잖아."

"후후후, 그럴지도."

평소처럼 샤리가 미소를 짓고 있었다.

이 녀석을 도와준 건 우연이었지만, 설마 이렇게 나를 잘 따를 줄은 몰랐다.

"바, 바이스, 좋은 아침."

카르타도 마찬가지. 괴롭히는 녀석들을 보고 어쩌다 몇 마디

해줬더니, 무슨 착각을 했는지 고맙다고 했다. 그 후로 늘 내게 말을 걸어온다.

뭐, 덕분에 비행 마법을 배웠지만.

"날씨 좋다~. 오늘도 그냥 쨀까."

"안 돼. 오늘은 테스트란 말이야."

"그딴 건 아무래도 상관없어. 의욕도 없고."

"또 그런다."

"그래도 바이스 군은 늘 만점이잖아. 정말 대단해."

"딱 그거잖아. 공부 하나도 안 했다면서 밤에 죽어라 복습하는 타입."

아주 멋대로 떠드는군.

뭐 내게 유리한 건 사실이다. 깜짝 테스트라 해봤자, 나는 다 알고 있는 이벤트니까.

애당초 오늘은 그런 것도 없지만.

"자, 얼른 가자."

"야, 샤리, 손대지 마."

계단을 올라서 왼쪽 끝, 늘 가는 교실 문을 여니 오린이 있었다.

"피핀, 교실에서는 얌전히 있어야지."

한쪽 구석에서는 혼자 장기를 두는 안경이 보인다.

──세실 앤트워프.

저 녀석과는 말 한번 제대로 못 해봤다. 무슨 생각을 하는지 통 알 수 없는 녀석이다.

“좋은 아침이에요. 여러분, 오늘은 테스트가 예정되어 있었지만 중지되었어요.”

평소처럼 클로에가 들어와서 그런 말을 했다.

나는 왜 중지됐는지도 이미 안다.

“어제저녁, 오스트라바 왕국 왕도의 무도회 회장 근방에서 마족의 습격이 있었고, 소피아 공주님이 돌아가셨습니다.”

몇 번이나 구하려 했지만, 실패했다.

학생들은 웅성웅성, 그리고 겁에 질려 있었다. 마족이 두려운 것이다.

한심하긴. 그딴 놈들은 허접한 졸개에 지나지 않는다. 마왕에 비하면.

“그래서 노블레스 마법 학원도 오늘은 안전을 이유로 휴교하게 되었어요. 원하는 사람은 자택으로 귀가해도 되지만, A급 이상의 모험가를 호위로 붙이도록 하세요. 마족의 행적을 알게 되는 대로 수업은 재개하겠지만, 며칠은 걸릴 예정입니다.”

수업은 중지되었다.

소피아 공주는 마차 안에서 무참하게 피살되었다. 몇 번을 거듭해도 이건 저지할 수 없었다. 어쩔 수 없다.

안뜰로 나가서 에바가 자주 앉아 있던 의자를 바라보았다.

뜬금없이 자퇴나 하고 말이야. 아무리 권해도 꿈쩍도 하지 않는 이상한 녀석이다.

그 녀석이 남아 있다면 조금은 달라지지 않을까.

찾아내서 동료로 삼고 싶지만, 쉽진 않을 것 같다.

그 자리를 뒤로 한 나는 시가지 B의 한 건물 옥상에 드러누워 있었다.

여기가 제일 기분 좋다. 잠깐 잘까…….

문득 잠에서 깨어나니 누군가의 무릎 위에 내 머리가 놓여 있었다.

"안녕, 바이스."

"샤리, 너 스토커냐?"

"반대지. 난 늘 여기 있는걸."

늘 그렇듯 푸른 하늘. 하지만 언제 봐도 예쁘다. 앞으로 누군가 죽게 된다.

저번보다는 강해졌지만, 어떻게 될지는 모른다.

누군가를 지킬 수 있을까, 그리고, 누군가가 살아남을 수 있을까.

"저기, 샤리."

"음——, 왜 그래?"

"죽지 마. 절대."

"……갑자기 뭐야?"

"약속해."

"네, 네, 죽지 않겠습니다——."

"네, 는 한 번이면 족해."

“네——.”

이번에는 반드시 이기겠다.

마왕, 기다려라.

그때 건물 아래쪽에서 소리가 들렸다.

알렌과 신티아, 듀크가 훈련하는 소리였다.

뇌까지 근육으로 된 놈들 아니랄까 봐.

“흐아아암, 슬슬 운동이라도 할까.”

몸을 일으킨 나는 위에서 녀석들이 있는 곳을 내려다보았다.

“시비 좀 그만 걸어. 알렌은 어느 정도 즐기기도 하지만, 신티아는 또 화낼 거라고.”

“핫, 그게 재미있어서 그런 거라고.”

아래로 뛰어내리자, 바람이 내 몸을 공중에 둥실 띄워 올렸다.

——하늘을 날 때는 매번 가슴이 설렌단 말이야.

그대로 알렌을 향해 손을 뻗어 마력을 모았다.

“3:1 정도는 돼야 재미있지 않겠어?”

다음 순간, 카르타의 마력포와 비슷한 파동이 날아간다.

나도 꽤 능숙해졌는걸?

하지만 이미 알아차린 알렌이 검을 휘둘러 베고, 신티아는 얼음 방패로 막아냈다.

“어이, 바이스, 누구 하나 죽일 일 있냐——!”

그리고 늘 그렇듯 근육 녀석이 난리법석을 떨었다.

“이 정도는 해야 기본이지.”

내가 할 수 있는 것이라곤 조금이라도 너희를 단련시키는 것밖에 없어.

그러니 부디 강해져다오.

그리고—— 죽지 마.

이번만큼은 내가 필사적으로 어떻게든 해 볼 테니까.

부탁이니까 제발 죽지 마.

"자고 일어나면 운동을 해야지. 사양 말고 덤벼 봐."

후기

3권을 구매해 주셔서 감사합니다. 오랜만에 인사드리는 키쿠치 카이세이입니다.

이번 3권은 굉장히 밀도 높은 이야기로 채워 봤습니다.

우선 오린 파스텔. 이름의 유래는 수많은 색이 들어 있기 때문이에요. 밝고, 늘 노력하고, 다정하고, 정의감 넘치고, 여리여리한 낭자애. 개인적으로 아주 좋아한답니다.

데비는 털이 복슬복슬하고 유능하며 귀엽습니다. 굿즈로 내면 안 될까요? 어떻게 생각하세요? 나도 참, 농담입니다. 바이스의 정신적인 면도 지탱해 주는 근사한 파트너가 되었어요.

에바에게는 무거운 과거가 있었습니다. 이번 사건을 계기로 많이 변하게 되겠지만, 아무쪼록 좋은 방향으로 변해주면 저도 참 기쁠 것 같아요.

그리고 바이스 판센트.

흔하디흔한 이세계 전생물이지만, 본 작품에서는 상당히 의미 있는 인물이었습니다.

이루지 못한 소망 끝에 일어난 기적, 그것이 이야기의 기점이 되었습니다.

다음 이야기도 함께하고 싶으신 분은 다른 분들에게도 많이 추천해 주세요.

마지막까지 읽어 주셔서 정말 감사합니다.

TAIDA NA AKUJOKU KIZOKU NI TENSEI SHITA ORE
SHINARIO O BUKKOWASHITARA KIKAKUGAI NO MARYOKU DE SAIKYO NI NATTA Vol.3
©Kaisei Kikuchi, Rein Kuwashima 2025
First published in Japan in 2025 by KADOKAWA CORPORATION, Tokyo.
Korean translation rights arranged with KADOKAWA CORPORATION, Tokyo.

**나태한 악욕 귀족으로 전생한 나,
시나리오를 박살 냈더니 월등한 마력으로 최흉이 되었다 3**

2025년 10월 15일 1판 1쇄 발행

저　　　자　키쿠치 카이세이
일 러 스 트　쿠와시마 레인
옮 긴 이　권미량
발 행 인　유재옥
이　　　사　조병권
편 집 2 팀　정영길 박치우 조찬희
편 집 3 팀　오준영 권진영 이소의 정지원
디자인랩팀　김보라 전세연
디지털사업팀　김지연 윤희진 장혜원
라이츠사업팀　김정미 유아현 이지현
영업마케팅팀　최원석 윤아림
물 류 팀　백철기
경영지원팀　최정연
인쇄제작처　㈜코리아피엔피
발 행 처　㈜소미미디어
등　　　록　제2015-000008호
주　　　소　서울시 마포구 토정로222, 502호 (신수동, 한국출판콘텐츠센터)
판매 및 마케팅　(070) 8822-2301

ISBN 979-11-384-8548-7
ISBN 979-11-384-8547-0 (세트)